Melodien im Schnee

BENJAMIN LEEWAY

MELODIEN IM SCHNEE

Eine Geschichte über
Vergänglichkeit und Neuanfang

The Leeway Art Lab

Die Deutsche Nationalbibliothek verzeichnet diese Publikation in der Deutschen Nationalbibliografie; detaillierte bibliografische Daten sind im Internet über dnb.dnb.de abrufbar.

Verlag:
BoD · Books on Demand GmbH, In de Tarpen 42,
22848 Norderstedt, bod@bod.de
Druck:
Libri Plureos GmbH, Friedensallee 273, 22763 Hamburg

ISBN: 978-3-7562-2823-2

Teil I

Die ersten Schneeflocken

*

Intro

Snow Life

Son of A Gun

I Could Be Your Lover

Baby, Come Running Home

No Singer, No Song

Las Vegas

1

Intro

Die ersten Schneeflocken des Winters tanzten sanft vom Himmel herab und legten sich wie ein leiser Gruß auf die Dächer von Flakeville. Davis stand am Fenster seines kleinen Apartments und beobachtete, wie die Welt langsam in Weiß getaucht wurde. Die Straßen wurden stiller, die Geräusche der Stadt gedämpft, als ob der Schnee einen Mantel der Ruhe über alles legte.

Ein Lächeln huschte über sein Gesicht. Erinnerungen an die Winter seiner Kindheit kamen ihm in den Sinn – Schneemänner bauen, Schneeballschlachten und die Unbeschwertheit, die der Schnee mit sich brachte. Spontan entschied er sich, nach draußen zu gehen. Er zog seine warme Jacke an, setzte eine Mütze auf und trat hinaus in die frische, kalte Luft.

Die Stadt hatte sich in ein Winterwunderland verwandelt. Die Bäume waren mit einer zarten Schicht aus Schnee bedeckt, und die Laternen warfen ein warmes Licht auf die verschneiten Wege. Davis schlenderte entlang der Pfade, genoss das Knirschen des Schnees unter seinen Schuhen und die friedliche Stille um ihn herum.

Die Straße führte ihn hinunter zum Park. Am Rande seines Blickfelds sah Davis ein blondes Mädchen, das mit einer Hand voller Schnee kleine Kugeln formte und sie lachend auf den Boden warf. Dann hob sie die Arme, als würde sie die fallenden Schneeflocken umarmen. Davis schaute ihr einen Moment lang zu, bevor er sich umdrehte und weiterging.

Am zugefrorenen See blieb er stehen und blickte auf die glatte, spiegelnde Oberfläche, die den Himmel reflektierte. Plötzlich hörte er eine leise Melodie. Neugierig folgte er dem Klang und entdeckte eine junge Frau, die auf einer Bank saß und leise vor sich hin sang. Ihre Stimme war klar und sanft, sie fügte sich harmonisch in die winterliche Szenerie ein.

Fasziniert blieb Davis stehen. Ohne nachzudenken, setzte er sich auf eine nahegelegene Bank und lauschte. Die Frau bemerkte ihn und schenkte ihm ein warmes Lächeln.

„Schöner Abend, nicht wahr?" fragte sie.

„Ja, wirklich wunderschön", antwortete er. „Deine Stimme passt perfekt zu diesem Moment."

Sie lachte leise. „Danke. Musik ist meine Art, die Welt um mich herum zu fühlen."

„Das kenne ich gut", sagte Davis. „Ich bin auch Musiker."

„Vielleicht kreuzen sich unsere Wege ja wieder", meinte sie geheimnisvoll und stand auf. „Genieße den Abend."

Bevor er etwas erwidern konnte, war sie bereits in der Dunkelheit verschwunden. Davis blieb zurück, mit dem Gefühl, etwas Besonderes erlebt zu haben. Inspiriert und voller neuer Energie machte er sich auf den Heimweg, gespannt auf das, was der Winter für ihn bereithalten würde.

2

Snow Life

Roses are red, baby
Snow is white
Violets are purple
Where we're going tonight

Drei Winter waren vergangen, seit Davis in jener verschneiten Nacht der geheimnisvollen Sängerin im Park begegnet war. Seitdem hatte sich sein Leben verändert, und Stella war zu einem festen Bestandteil davon geworden.

Die Straßen von Flakeville waren nahezu menschenleer, nur die Spuren von Fußgängern und Autoreifen zeichneten Muster auf den schneebedeckten Boden. Es war diese Stille, diese sanfte Melancholie, die Davis so liebte – oder hasste. Es schien ihm manchmal, als könne er nicht genau sagen, ob es die Einsamkeit war, die ihn anzog, oder die Einsamkeit, die ihn zu erdrücken drohte. Eine feine Grenze, die für ihn stets unklar blieb.

„Was denkst du gerade?" fragte Stella, ihre Stimme zart, fast wie eine Melodie, die den Schnee nicht stören wollte. Sie stand vor ihm, eine Gestalt in Rot – ihr Schal war die einzige Farbe in der weißgrauen Welt um sie herum. Ihre Augen blickten neugierig in seine, und Davis spürte, dass sie nicht einfach nur nach Worten fragte. Sie wollte mehr wissen, tiefer gehen, in seine Gedanken eintauchen.

„Ich denke daran, dass du wahrscheinlich nie wirklich stillstehen kannst", antwortete Davis mit einem schwachen Lächeln. Er beobachtete, wie der Wind mit ihrem Haar spielte, ihre Bewegungen wie einen Tanz in Zeitlupe wirken ließ. Es war, als ob sie Teil des Schnees selbst wäre – eine lebendige Flocke, die nie zur Ruhe kommen konnte.

Stella drehte sich einmal im Kreis, ihre langen Haare wirbelten wie goldene Fäden eines kunstvollen Netzes um ihr Gesicht. „Stillstand ist Tod", sagte sie leise, aber bestimmt. Ihre Worte klangen wie ein Mantra, das sie oft wiederholt hatte. „Weißt du, was ich am Schnee liebe?"

„Du meinst, außer dass du darin tanzen kannst?" erwiderte Davis trocken und versuchte, seine Unsicherheit zu überspielen. Doch Stella ignorierte seine Bemerkung. Stattdessen ließ sie ihre Augen den fallenden Flocken folgen, während sie sprach.

„Er ist wie eingefrorene Zeit", sagte sie, ihre Stimme sanft, als hätte sie ihre eigene Realität gefunden. „Jede Flocke ist ein Moment, der kurz lebt und dann stirbt. Aber in diesem Moment ist sie perfekt. Jeder Moment könnte ewig sein."

Davis sah sie an, die Art, wie sie in einer endlosen Spirale aus Gedanken und Worten lebte. Sie war unberechenbar, voller Leben – und dennoch trug sie eine Schwere in sich, die sie nie ganz preisgab. Er fühlte sich zu ihr hingezogen, nicht nur wegen ihrer Schönheit, sondern weil sie so ungreifbar, so rätselhaft war. „Du bist ein Rätsel, weißt du das?"

„Ein gutes Rätsel oder ein schlechtes?" fragte sie und drehte sich wieder, diesmal mit ausgebreiteten Armen, als wollte sie den Schnee in sich aufnehmen.

„Eines, das ich lösen will", murmelte Davis, kaum laut genug, damit sie es hören konnte. Sein Herz schlug schneller, und für einen Moment fühlte er sich wie ein Jugendlicher, der zum ersten Mal verliebt war.

Stella lächelte geheimnisvoll. „Vielleicht solltest du es nicht versuchen. Manche Rätsel verlieren ihren Zauber, wenn man sie löst."

Die Stille zwischen ihnen wurde von einem entfernten Hupen unterbrochen. Ein einzelnes Auto fuhr vorbei, die Scheinwerfer warfen lange Schatten auf den Schnee.

Stella blickte ihn intensiv an, ihre Augen suchten in seinen nach einer Wahrheit, die sie vielleicht nicht aussprechen konnten. „Du bist zu romantisch für dein eigenes Wohl, Davis", sagte sie schließlich und streckte ihre Hand aus, um eine Schneeflocke von seiner Schulter zu wischen. „Aber genau das mag ich an dir."

Er lachte leise und spürte eine Wärme in seiner Brust, die nicht von der Kälte der Nacht beeinflusst wurde. „Vielleicht ist das meine Schwäche."

„Oder deine Stärke", entgegnete sie und nahm seine Hand. Ihre Finger waren überraschend warm, und ihre Berührung schickte einen kleinen Schauer durch seinen Körper. „Komm, tanz mit mir."

„Hier? Im Schnee?" Er lachte ungläubig, der plötzliche Impuls, den Moment aufzulockern, überwältigte ihn.

„Ja, hier", sagte sie und trat näher. Ihre Augen leuchteten auf eine Weise, die ihm fast den Atem nahm. „Rosen sind rot, Baby, Schnee ist weiß. Das ist alles, was zählt." Sie lächelte, und in diesem Moment schien sie gleichzeitig greifbar und unendlich fern – als wäre sie eine Illusion, die er nicht festhalten konnte, egal wie sehr er es wollte.

Er zögerte nur einen Moment, dann nahm er ihre Hand. Zusammen drehten sie sich langsam im Kreis, ihre Schritte hinterließen ein Muster im frischen Schnee. Die Welt um sie herum verblasste, während sie sich aufeinander konzentrierten. Davis begann zu singen:

I'm standing in the snow the best that I can
Listen, baby, I just wanna be your man
Pistol whip me put your gun to my head, because
Roses are red and I feel like I'm dead

Seine Stimme war weich, doch voller Emotionen. Stella lächelte, schloss die Augen und ließ sich von seiner Melodie tragen. Sie fühlte sich geborgen, als ob nichts sie beide in diesem Moment erreichen könnte.

And everywhere we go
She dances in the snow
She makes my body so hot

Livin' the snow life, now please don't stop!

„Sag mal, Davis", begann Stella, als die Melodie verklang, ihre Stimme leicht und neckisch, „hast du heute Abend schon Pläne?"

Davis hob eine Augenbraue und erwiderte mit einem schiefen Grinsen, das fast wie eine Einladung wirkte: „Kommt darauf an. Fragst du, um mich auszuführen?"

„Vielleicht", entgegnete sie und zog die Frage mit einem spitzbübischen Lächeln in die Länge. Ihre Augen blitzten, während sie sich einen Moment Zeit ließ, bevor sie weitersprach. „Oder, vielleicht will ich nur wissen, ob ich mich gegen eine Bandprobe behaupten muss."

Er lachte leise, sein Lachen warm und entspannt. „Tatsächlich, ja. Bandprobe. Die Jungs würden mir was erzählen, wenn ich die absage."

„Ach, verstehe", erwiderte sie mit gespieltem Bedauern. „Ein Mann der Verpflichtungen. Aber keine Sorge", fügte sie mit einem Hauch von Verspieltheit hinzu, „ich bin geduldig. Vielleicht ergibt sich ja ein Moment nach der Probe."

Davis nickte, sein Blick haftete für einen Moment länger an ihrem, als nötig gewesen wäre.

„Vielleicht", wiederholte er leise, seine Stimme klang wie ein Versprechen.

****

Die Schneeflocken tanzten weiter, während Davis und Stella ihre Schritte im Schnee hinterließen – ein flüchtiges Muster, das bald wieder verschwand.

3

Son of a Gun

Now I don't care for the fame
I don't care for the money
I just wanna make music
And keep on running

Die muffige Luft im Proberaum war erfüllt von einem chaotischen Durcheinander aus Schlagzeugbeats, Bassriffs und verzerrten Gitarrenklängen. Davis saß auf einem Hocker, die Gitarre locker auf den Knien, und beobachtete amüsiert, wie Peter String, der Leadgitarrist, über eine gerissene Saite fluchte.

„Das ist jetzt schon die dritte Saite diese Woche!" rief Peter und schmiss das defekte Teil frustriert in eine Ecke. „Ich glaub, mein Gitarrenhals ist verflucht."

„Oder vielleicht spielst du einfach zu wild, Kollege", sagte Johnny Sways mit einem breiten Grinsen, während er seinen Bass stimmte. Der Bassist war dafür bekannt, jeden Moment mit einem lockeren Spruch zu entschärfen.

„Halt die Klappe, Johnny. Du spielst ja auch nur vier Saiten – und davon nutzt du eigentlich nur zwei", konterte Peter.

„Ruhe da hinten! Ich versuche, mich hier zu konzentrieren", brummte Jimmy Drums, der mit ernstem Gesichtsausdruck an seinem Schlagzeug saß und wie ein Mechaniker seine Becken nachjustierte. „Wenn wir jemals zusammen klingen wollen, solltet ihr mal lernen, wie man sich vorbereitet."

„Klingt ja, als ob du hier der einzige Profi wärst, Jimmy", murmelte Davis, während er eine Melodie anspielte. „Wie wär's, wenn wir einfach anfangen?"

„Endlich mal eine vernünftige Idee", sagte Johnny und stellte sich breitbeinig hin, bereit, seinen Bass ins Spiel zu bringen.

Jimmy zählte den Takt an, und die Band begann, *Son of a Gun* zu spielen. Der Proberaum wurde augenblicklich von wuchtigen Drums, kraftvollen Bassläufen und Davis' leidenschaftlicher Stimme erfüllt.

Woke up this morning with my whiskey in bed
Son of a gun
Picked up the phone and I told Jimmy to

Just bring the drums
And maybe we can get our friend Johnny Sways
To play the bass
Now we are young, we are rough and wild
So let's play

Seine Stimme war klar und voller Energie. Doch nach wenigen Takten brach das Chaos aus. Peter traf den falschen Akkord, Johnny stolperte über den Rhythmus, und Jimmy schmiss wütend seine Stöcke in die Luft.

„Das war ja katastrophal!" rief Jimmy und schüttelte den Kopf. „Peter, kannst du vielleicht mal deine Saiten stimmen, bevor wir anfangen? Und Johnny, was war das für ein Timing?"

„Hey, ich bin hier, um Spaß zu haben, nicht um mich anschreien zu lassen", sagte Johnny grinsend, während er sich entspannt auf seinen Verstärker setzte. „Vielleicht sollten wir's einfach locker angehen lassen. Davis, was denkst du?"

„Oder bist du zu beschäftigt damit, an deine neue mysteriöse Flamme zu denken?" rief Jimmy dazwischen.

Davis erstarrte für einen Moment, bevor er seinen Blick auf die Gitarre richtete. „Was meinst du damit?"

„Na komm schon", drängte Jimmy, sein Lächeln war verschwörerisch. „Triffst du dich noch mit ihr? Du hast sie uns gar nie vorgestellt! Wie läuft's?"

„Wie soll's schon laufen", wich Davis aus und schlug ein paar willkürliche Akkorde an. „Und ich denke nicht, dass das hier jemanden was angeht."

„Na ja, du weißt schon, was man sagt – große Inspirationen kommen oft aus kleinen Begegnungen", scherzte Jimmy und kassierte dafür einen Beckenhieb von Peter.

„Lass ihn in Ruhe, Jimmy", sagte Johnny schließlich. „Vielleicht hat er wirklich mal was Ernstes am Laufen."

Davis atmete tief durch, bevor er aufstand. „Wisst ihr was? Vielleicht sollten wir einfach weiterspielen, bevor wir uns hier gegenseitig umbringen."

Die Band stimmte wieder ihre Instrumente, und nach ein paar wackeligen Takten fanden sie endlich den Groove. Trotz der Neckereien und des Chaos konnte Davis nicht anders, als sich von der Energie seiner Bandkollegen mitreißen zu lassen. Für einen Moment vergaß er die Erinnerungen, die ihn quälten.

Now Peter said, he's got a broken string

On his guitar

Man, that's ok, we gonna rock this place

Just like a star

And you can see my hunger written

All over my face

Cause we are young, we are rough and wild

So let's play

****

Davis legte seine Gitarre sanft zur Seite, als die Band eine kurze Pause einlegte. Der Raum war erfüllt von der Stille nach den lauten Akkorden, die gerade noch durch die Luft gefegt waren. Johnny warf ihm einen Blick zu. „Frische Luft tut immer gut, Mann", sagte er mit einem Grinsen, während er an seinem Bier nippte. Davis nickte nur und trat nach draußen, die kalte Abendluft traf ihn wie ein Schlag.

Dann zog er sein Handy aus der Tasche und begann ziellos durch alte Fotos zu scrollen. Bilder von Tourneen, von endlosen Nächten in verrauchten Bars, und dann… hielt er inne. Das Foto zeigte ihn und eine junge Frau mit langen, dunklen Haaren. Sie hatte ihren Arm um seine Schulter gelegt, während er ein halbvolles Glas Whiskey in die Kamera hielt. Ihr Lächeln war strahlend, seine Augen dagegen trugen diesen rebellischen Glanz, den er schon lange nicht mehr gespürt hatte. Eine Welle von Nostalgie und Unbehagen durchflutete ihn.

„Rate mal, wer hier ist", flüsterte eine vertraute Stimme hinter ihm, während sich zwei Hände über seine Augen legten.

Davis erstarrte kurz, dann ließ er das Handy sinken und lächelte. „Stella", sagte er. Doch bevor er sich zu ihr umdrehte, spürte er, wie ihre Hände zitterten. Er folgte ihrem Blick und erkannte, dass sie auf das Foto starrte, das immer noch auf seinem Bildschirm zu sehen war.

„Wer ist sie?" fragte Stella, ihre Stimme ruhig, aber mit einem Hauch von etwas, das Davis nicht ganz einordnen konnte.

Er zögerte. „Das ist… sie." Seine Worte klangen bedrohend in der kühlen Nachtluft.

Stella hielt den Blick auf das Bild gerichtet. „Ich dachte, du hängst nicht mehr an ihr", sagte sie schließlich und sah ihn an. Ihre Augen waren schwer von etwas, das zwischen Wut und Traurigkeit schwebte.

„Das tue ich nicht", erwiderte Davis schnell. Zu schnell.

„Ach... und weshalb schaust du dir dann eure gemeinsamen Fotos an?" fragte sie, ihre Stimme jetzt leiser, aber schärfer.

Davis konnte nichts darauf sagen. Beide schwiegen, das Gewicht der Frage hing schwer in der Luft zwischen ihnen.

„Kommst du, Davis?! Wir machen weiter!" rief Johnny aus dem Proberaum. Seine Stimme schnitt durch die Stille wie ein Messer.

Stella lachte kurz, ein bitteres, leises Lachen. Ihre Augen füllten sich mit Tränen, doch sie hielt sie zurück. „Weißt du, Davis", sagte sie schließlich und wandte sich ab, „ich bin gekommen, um dir beim Proben zuzuhören... aber offenbar wäre es dir lieber, wenn *sie* dir zuhören würde."

Ohne eine weitere Antwort zu erwarten, drehte sie sich um und ging. Davis stand reglos da, das Handy noch in der Hand.

****

Die ersten Schneeflocken der Nacht fielen durch das Fenster; ihre sanfte Stille verdrängte das Echo der im Raum zurückgebliebenen, ungestimmten Akkorde.

4

I Could Be Your Lover

…and I could be your lover, baby
I could love you like no other
If you let me be your lover, baby
Not your sister or your mother

Einen Winter zuvor.

Es war eine frostige Nacht, als Davis mit seinem alten, roten Ford durch die Straßen von Flakeville fuhr. Der Motor brummte monoton, und das Radio spielte leise einen Jazzsong aus den 60ern. Die Lichter der Stadt flimmerten durch die beschlagenen Scheiben, während Schneeflocken sanft darauf landeten und sofort schmolzen. Davis hatte keinen bestimmten Plan, keine Richtung. Er wollte nur raus aus seiner kleinen Wohnung, in der die Stille ihn erdrückte und die Wände auf ihn zuzuwachsen schienen.

Seine Hände ruhten müde auf dem Lenkrad, als er sie sah. Sie stand allein unter einer flackernden Straßenlaterne in einer Seitengasse, die kaum von

Passanten frequentiert wurde. Ihr schmaler Körper war in einen dünnen Mantel gehüllt, der kaum vor der Kälte schützte. Sie hatte die Arme um sich geschlungen und trat von einem Fuß auf den anderen, um sich warm zu halten. Ihr blondes Haar fiel unordentlich über ihre Schultern, und selbst aus der Entfernung konnte er die Erschöpfung in ihrer Haltung erkennen.

Etwas in ihm drängte ihn dazu anzuhalten. Vielleicht war es Mitleid, vielleicht Neugier, vielleicht etwas anderes. Er fuhr an den Straßenrand und ließ das Beifahrerfenster herunter. „Alles in Ordnung?" fragte er vorsichtig.

Sie hob den Kopf und blickte ihn mit großen, müden Augen an. Ein Hauch von Misstrauen lag in ihrem Blick. „Was willst du?" Ihre Stimme war fest, aber rau, als hätte sie lange nicht gesprochen.

„Ich dachte nur, du könntest Hilfe gebrauchen", antwortete Davis und zuckte leicht mit den Schultern. „Es ist kalt, und diese Gegend ist nicht die sicherste."

Sie musterte ihn für einen Moment, als würde sie versuchen, seine Absichten zu durchschauen. Dann zuckte sie mit den Schultern und trat näher.

„Ich brauche eine Mitfahrgelegenheit. Das ist alles."

„Steig ein", sagte er und öffnete die Tür. Als sie sich setzte, bemerkte er den leichten Duft von Vanille gemischt mit Zigarettenrauch. Ihre Hände waren rot vor Kälte, und sie rieb sie aneinander, um sie zu wärmen.

„Wohin soll es gehen?" fragte Davis, während er wieder anfuhr.

„Irgendwohin, wo es warm ist", sagte sie und starrte aus dem Fenster. Ihre Stimme klang resigniert, und er spürte, dass sie nicht mehr preisgeben wollte.

Eine Weile fuhren sie schweigend durch die Straßen. Das Radio spielte weiterhin leise Musik, und die Geräusche des Motors und der Reifen auf dem Asphalt füllten den Raum zwischen ihnen. Davis war sich unsicher, ob er das Schweigen brechen sollte, doch schließlich fragte er: „Was machst du eigentlich hier draußen so spät?"

Sie zögerte, bevor sie antwortete. „Ich arbeite." Ihre Antwort war knapp, und Davis wusste sofort, was sie meinte. Die Art, wie sie es sagte – ohne Scham, aber auch ohne Stolz – ließ ihn einen Moment innehalten.

Er schluckte und suchte nach den richtigen Worten. „Ist das nicht gefährlich? Allein, bei dieser Kälte?"

Sie drehte den Kopf zu ihm und lächelte schwach. „Gefährlich ist relativ. Und die Kälte bin ich gewohnt." Sie musterte ihn erneut. „Warum hast du wirklich angehalten?"

Davis spürte, wie seine Wangen heiß wurden. „Ich... weiß es nicht genau. Vielleicht weil ich dachte, dass du Hilfe brauchst."

„Du bist kein Cop, oder?" fragte sie mit einem Anflug von Humor.

Er lachte kurz. „Nein, definitiv nicht."

Sie lehnte sich zurück und seufzte. „Dann bist du wohl einfach ein netter Kerl."

„Vielleicht." Er hielt an einer roten Ampel und drehte sich zu ihr. „Ich bin Davis."

„Stella", antwortete sie und streckte ihm die Hand entgegen. Ihre Finger waren immer noch kalt, aber ihre Berührung war fest.

Die Ampel sprang auf Grün, und er fuhr weiter. „Also, Stella, möchtest du irgendwo bestimmtes hin, oder soll ich dich einfach herumfahren, bis wir die Stadt umrundet haben?"

Sie lächelte zum ersten Mal richtig, und ihr Gesicht schien für einen Moment jünger und unbeschwerter. „Weißt du was? Fahren wir einfach ein bisschen. Ich mag die Musik, die du hörst."

Er drehte das Radio etwas lauter, und ein sanfter Blues erfüllte den Wagen. Sie fuhren durch die nächtlichen Straßen, vorbei an geschlossenen Geschäften und dunklen Parkanlagen. Die Welt schien stillzustehen, und für einen Moment fühlte es sich an, als wären sie die einzigen Menschen auf der Welt.

Doch diese Zweisamkeit war es auch, die Davis in diesem Moment an Livia erinnerte. An die Nächte, in denen sie ihn im Auto begleitete, ihm von ihren verrückten Träumen erzählte und ihren Kopf gegen die Fensterscheibe lehnte, während sie nach den Sternen suchte. Livia hatte immer diese Mischung aus Bodenhaftigkeit und Leidenschaft mitgebracht, die ihn zugleich faszinierte und erschreckte. Sie war die erste, die seine Songs gehört hatte, die erste, die ihn gedrängt hatte, sie fertigzustellen, anstatt sie halb geschrieben wegzulegen.

„Du bist gut, Davis", hatte sie einmal gesagt, ihre Stimme so klar, dass er den Moment nie vergessen hatte. „Aber wenn du nicht aufhörst, dir selbst im Weg zu stehen, wird das niemand je erfahren."

Er hatte sie damals nur angelächelt, halb aus Unsicherheit, halb aus Trotz. Sie hatte recht gehabt, das wusste er heute. Aber das, was sie hatten, war damals zerbrochen, wie so vieles in seinem Leben.

Jetzt fragte er sich, ob sie ihn immer noch so sehen würde – oder ob sie ihn längst vergessen hatte.

„Du spielst nicht zufällig selbst Musik, oder?" fragte Stella plötzlich.

Davis wurde abrupt aus seiner Gedankenwelt gerissen. „Ja, ich spiele Gitarre. Und ich schreibe manchmal Songs."

„Interessant." Sie sah ihn mit neuem Interesse an. „Singst du auch?"

„Ab und zu. Aber nur, wenn niemand zuhört." Er grinste schief.

„Vielleicht solltest du es öfter tun. Deine Stimme passt zum Blues."

Er spürte, wie seine Unsicherheit zurückkehrte. „Vielleicht."

Sie legte ihren Kopf an die Fensterscheibe und schloss die Augen. „Sing etwas für mich."

Er zögerte, doch dann summte er leise die Melodie, die ihm in den Sinn kam. Die Worte formten sich fast von selbst:

…and it was half past midnight
It was cold outside
And there was snow on the street
But the heat inside
Was so hot, she read between the lines
I said girl, you could be my bride

Stella öffnete die Augen und sah ihn an. „Das ist schön", flüsterte sie.

Er lächelte verlegen. „Nur ein spontaner Einfall."

„Hast du mehr davon?"

„Vielleicht." Er räusperte sich und fuhr fort:

And I could be your lover, baby
I could love you like no other
If you let me be your lover, baby
Not your sister or your mother
Come on, baby
I'll give an extra dime
Won't you give me a try
If it's okay, if it's alright
I'll be your lover tonight

Sie lachte leise. „Du hast Humor."

„Ich versuche es zumindest", entgegnete Davis.

Eine Weile herrschte wieder Stille, doch sie fühlte sich nicht mehr unangenehm an. Schließlich sagte Stella: „Weißt du, du bist anders als die meisten Männer, die ich treffe."

„Ist das gut oder schlecht?"

„Gut", sagte sie und legte eine Hand auf seine Schulter. „Sehr gut."

Er spürte die Wärme ihrer Berührung und sah sie kurz an. „Vielleicht sollten wir irgendwo anhalten."

„Vielleicht", antwortete sie mit einem geheimnisvollen Lächeln.

Davis wusste, dass dies mehr war als eine flüchtige Begegnung. Für ihn zumindest.

And she made love to me

And I made love to her

And she made love to me

But it wasn't for free

Nach dem Höhepunkt der Begegnung lag Stella neben ihm, ihre Augen geschlossen, ihr Atem ruhig. Davis betrachtete sie und fragte sich, ob sie dasselbe fühlte wie er. Oder ob er nur ein weiterer Kunde für sie war.

****

Auf der Rückfahrt fiel Davis' Blick auf ein kleines, unscheinbares Gebäude am Straßenrand. Die Leuchtreklame über der Tür war verblasst, doch die Umrisse der Buchstaben waren noch zu erkennen: „The Blue Note". Ein kurzer Schauer lief über seinen Rücken, und er spürte, wie die Zeit für einen Moment zurücksprang.

„Alles okay?" fragte Stella und drehte den Kopf zu ihm, als sie bemerkte, dass sein Griff am Lenkrad sich verkrampfte.

„Ja, ich…", begann Davis, doch er hielt inne. Seine Augen waren weiterhin auf das Gebäude fixiert, bis es im Rückspiegel verschwand. Ein bittersüßes Lächeln stahl sich auf sein Gesicht. „Da drin hatte ich meinen ersten Auftritt."

„Wirklich?" Stella richtete sich auf, ihr Blick war neugierig. „Erzähl mir davon."

Davis atmete tief durch. „Es war vor ungefähr zwei Jahren, als ich gerade angefangen hatte, Songs zu schreiben. Livia war dabei." sagte er mit einer Selbstverständlichkeit, als ob Stella gewusst hätte, wer Livia war.

Die Stille, die darauf folgte, war schwerer als zuvor. Stella sagte nichts, wartete nur, dass er fortfuhr.

„Ich war nervös, wie nie zuvor. Es war ein kleiner Club, kaum größer als ein Wohnzimmer, und die Leute waren… sagen wir mal, sie hatten nichts gegen ein paar Drinks zu viel." Davis lachte leise. „Aber Livia hat mich überzeugt, dass ich es wagen sollte. ‚Wenn du es heute nicht machst, wirst du es vielleicht nie machen', hat sie gesagt."

Stella nickte langsam, ihre Augen beobachteten Davis' Profil, das in das sanfte Licht der Instrumententafel getaucht war. „Und wie war es?"

„Es war ein Chaos", sagte er mit einem Anflug von Selbstironie. „Die Gitarre war verstimmt, mein Timing war miserabel, und ich glaube, die Hälfte des Publikums hat sich eher auf die Happy Hour konzentriert als auf meine Songs."

Stella lachte leise. „Klingt nach einem denkwürdigen Start."

„Das war es", sagte Davis, seine Stimme wurde leiser. „Nach dem Auftritt kam Livia zu mir. Sie hatte diesen Blick, weißt du? Diese Mischung aus Stolz und… analytischer Distanz."

Er erinnerte sich genau, wie sie ihn damals angesehen hatte. Ihre Augen hatten gefunkelt, aber nicht nur vor Begeisterung – auch vor kritischem Verstand.

„Du hast Talent, Davis", zitierte er sie, während er die Worte in der Erinnerung fast spüren konnte. „Aber du verlierst dich zu oft in deinen Melodien. Sie sind schön, aber sie brauchen Struktur. Die Leute müssen sich an etwas festhalten können."

„Oha", sagte Stella mit einem schiefen Lächeln. „Das klingt... ehrlich."

„Ja", antwortete Davis. „Das war Livia. Sie hat nie versucht, mich mit leeren Komplimenten zu beruhigen. Sie hat mich immer herausgefordert, besser zu sein."

Ein Moment des Schweigens legte sich über sie. Der Wagen rollte langsam über die glatte Straße, und Davis war in Gedanken an jene Nacht verloren – an den Applaus, der ihm wie eine Droge vorgekommen war, und an Livias Worte, die ihn gleichzeitig ermutigt und ernüchtert hatten.

„Hat es dir geholfen?" fragte Stella schließlich.

„Ja", sagte Davis mit einem schwachen Lächeln. „Ihre Kritik war hart, aber sie hatte recht. Ich hab seitdem gelernt, meine Songs zu ordnen, sie greifbarer zu machen. Sie hat mir gezeigt, dass Leidenschaft allein nicht reicht. Man muss auch den Mut haben, seine Schwächen zu sehen und daran zu arbeiten."

Stella lehnte sich zurück, ihre Augen wieder auf die fallenden Schneeflocken gerichtet. „Klingt, als hätte sie dir viel bedeutet."

Davis nickte, seine Stimme war fast ein Flüstern. „Das hat sie."

Doch als er einen kurzen Blick auf Stella warf, bemerkte er etwas in ihrem Gesicht – vielleicht eine Spur von Unsicherheit. Es war nur ein Augenblick, bevor sie wieder ihr gewohntes, charmantes Lächeln aufsetzte.

„Weißt du, ich würde gerne mal einen Song von damals hören", sagte sie und versuchte, den Ton leicht zu halten.

„Vielleicht", antwortete Davis mit einem Hauch von Lächeln. „Vielleicht spiele ich dir mal einen vor."

Der Wagen rollte weiter durch die frostige Nacht, doch in Davis' Gedanken hallte Livias Stimme nach – eine Erinnerung, die ihm Mut gegeben hatte und gleichzeitig eine Spur hinterließ, der er immer noch folgte.

****

Davis blickte auf die schimmernden Straßenlaternen, ihre warmen Strahlen vermischten sich mit den kalten Gedanken, die ihn in jener Nacht nicht mehr losließen.

5

Baby, Come Running Home

But I can see
A bird is flying away
Just to return
So baby, I must say

Als Davis von der nächtlichen Bandprobe heim-
kam, spürte er sofort, dass etwas nicht stimmte. Die
Wohnung war dunkel, bis auf die flackernde
Leuchtanzeige der Uhr in der Küche. Stella saß am
Esstisch, ihr Rücken ihm zugewandt, und ihre
Schultern verrieten ihre angespannte Haltung.

„Ich dachte, du wärst längst eingeschlafen",
sagte er mit einem vorsichtigen Ton, als hätte er
Angst, einen schlafenden Drachen zu wecken.

Sie drehte sich langsam um, und ihre Augen waren kalt. „Wie sollte ich das können, wenn du dich
mit deinen Geistern der Vergangenheit beschäf-
tigst?" Ihre Stimme war leise, aber jedes einzelne
ihrer Worte schien durch die Luft zu schneiden.

Davis ließ seine Gitarre vorsichtig an die Wand
gleiten und hielt die Hände hoch, als wollte er sich

verteidigen. „Stella, das Foto... ich habe es nur zufällig gesehen. Es bedeutet nichts."

„Nichts?" Sie lachte, ein kurzes, bitteres Lachen, das mehr Traurigkeit als Freude enthielt. „Du starrst auf ein Bild von dir und ihr – und ich soll glauben, dass es nichts bedeutet? Komm schon, Davis. Ich bin vielleicht blond, aber nicht naiv."

Er rieb sich den Nacken, suchte nach den richtigen Worten. „Es war eine andere Zeit, Stella. Ich... ich hänge nicht mehr an ihr. Das weißt du."

„Das weiß ich?" Ihre Augen blitzten vor Wut. „Ich weiß nur, dass du in letzter Zeit immer abwesend bist. Du bist hier, aber du bist nicht da. Und jetzt dieses Foto..." Ihre Stimme brach, und für einen Moment schien sie mit den Tränen zu kämpfen.

„Ich liebe dich, Stella", sagte er schließlich, seine Stimme rau vor Emotion. „Das Foto – es ist nur eine Erinnerung. Mehr nicht."

„Dann lösch es", sagte sie plötzlich und sah ihm direkt in die Augen. „Wenn es nichts bedeutet, dann lösch es."

„Ich verstehe einfach nicht, was du willst!" rief Davis plötzlich, die Frustration in seiner Stimme war kaum zu überhören. „Wir haben etwas Gutes hier, Stella. Warum willst du es zerstören?"

Sie drehte sich um, ihre Augen funkelten vor Tränen und Wut. „Gutes?" Sie lachte bitter. „Das hier ist ein Chaos, Davis. Du kennst mich nicht mal. Nicht wirklich. Du bist verliebt in eine Vorstellung von mir, nicht in mich."

Ihre Worte trafen ihn wie ein Schlag, und für einen Moment wusste er nicht, was er sagen sollte. Wie konnte sie behaupten, dass er sie nicht kannte? Er liebte sie doch, aber je mehr er darüber nachdachte, desto mehr spürte er, dass sie vielleicht recht hatte. Vielleicht hatte er in ihr immer nur das gesehen, was er sehen wollte, und nicht das, was sie wirklich war.

Davis sprang auf, seine Hände fuhren durch sein zerzaustes Haar. „Das ist nicht wahr! Ich liebe dich, Stella. Dich, genau so, wie du bist."

„Ach, wirklich?" Ihre Stimme wurde leiser, gefährlich ruhig. Sie trat einen Schritt auf ihn zu, ihre Augen bohrten sich in seine. „Warum kannst du dann nicht akzeptieren, dass ich kaputt bin? Dass ich manchmal Dinge tue, die keinen Sinn ergeben?"

„Weil ich nicht will, dass du dich selbst zerstörst!" Er machte einen Schritt auf sie zu, doch sie wich zurück, als würde sie einen Abgrund überqueren. Seine Worte klangen hohl, fast egoistisch. Er wollte sie retten, aber vielleicht wollte sie gar nicht gerettet werden.

„Vielleicht bin ich schon zerstört, Davis", sagte sie, ihre Stimme fast ein Flüstern. „Vielleicht bin ich nicht die, die du brauchst."

Ein langer Moment des Schweigens folgte. Die Worte, die gesagt wurden, schienen zwischen ihnen zu schweben, wie Geister einer Wahrheit, die keiner von beiden aussprechen wollte. Sie sahen sich an, und in ihren Augen lag die Erkenntnis, dass sie auf einem schmalen Grat wandelten – der Grat zwischen Liebe und Selbstaufgabe.

„Also gehst du zurück zu ihm?" fragte Davis schließlich, und seine Stimme war kalt, leer. Die Worte verließen seine Lippen, bevor er wirklich darüber nachgedacht hatte. Er wusste, dass es verletzen würde – und vielleicht wollte er das auch.

„Ja", antwortete sie leise. „Er kennt mich. Er weiß, wer ich bin – mit all meinen Fehlern."

„Er hat dich zerstört, Stella", sagte Davis, die Verzweiflung in seinen Augen war unübersehbar. „Er hat dich zu dem gemacht, was du jetzt bist."

„Und du denkst, du kannst mich reparieren?" Sie schüttelte den Kopf, ein trauriges Lächeln auf ihren Lippen. „Das ist nicht deine Aufgabe, Davis. Es war nie deine Aufgabe."

Sie griff nach ihrer Jacke, die über einem Stuhl hing, und zog sie über. Er wollte sie aufhalten, wollte sie davon überzeugen, dass sie falsch lag, doch die Worte blieben in seiner Kehle stecken. Er fühlte sich machtlos – als wäre alles, was sie zusammen aufgebaut hatten, plötzlich wertlos.

„Lass mich los, Davis", sagte sie, bevor sie die Tür öffnete und hinaustrat. Die Tür schlug mit einem dumpfen Geräusch hinter ihr zu, und Davis war allein.

****

Die Stunden danach waren ein verschwommener Nebel aus Leere und Selbstvorwürfen. Davis saß auf der Couch, starrte auf sein Handy und hoffte, dass sie sich melden würde. Doch nichts kam. Der Schnee draußen fiel leise, doch in ihm war ein Sturm losgebrochen. Es erinnerte ihn an eine andere Zeit, an eine andere Frau. Livia. Sie hatte

immer gesagt, er sei wie ein Schiff ohne Anker –
ständig in Bewegung, aber ohne Ziel.

„Du kannst nicht immer vor dir selbst weglau-
fen, Davis", hatte sie einmal gesagt. Ihre Worte waren so direkt, dass sie ihn damals wütend gemacht
hatten. Aber jetzt spürte er ihre Wahrheit. Livia
hatte mehr von ihm gewollt, als er damals geben
konnte. Sie wollte die echte Version von ihm – die
Version, die er selbst kaum kannte.

Doch sie war gegangen, bevor er herausfinden
konnte, wer er wirklich war. Oder vielleicht war er
es gewesen, der sie gehen ließ.

Schließlich setzte er sich ans Klavier und legte
sein mit Whiskey befülltes Glas darauf ab. Die
Worte kamen wie von selbst, ein unkontrollierba-
rer Strom von Emotionen, die sich in der Melodie
bündelten. Es war ein Lied, das nur für Stella bestimmt war, ein Lied, das all die Dinge ausdrückte,
die er nicht in Worte fassen konnte. Die Noten
schienen wie Tränen aus seiner Seele zu tropfen, jeder Akkord drückte seine Sehnsucht, seine Verzweiflung aus.

Sometimes I wonder, do you regret
What you did, you said you wanted him back
Black is the color of the pain in my chest

And I've been dying since the day that you left

Als die letzte Note verklang, schob Davis den Klavierdeckel über die Tasten und lehnte sich zurück. Der Schmerz war immer noch da, aber die Musik hatte ihn für einen Moment gelindert. Er wusste, dass er sie zurückgewinnen musste, aber wie? Und würde sie überhaupt zu ihm zurückkommen wollen?

He never cares what you say or do
He doesn't care for you
He doesn't hear you when you scream his name
He's stuck in his game
He doesn't love you, he abuses you now
And I am losing you, how?

****

Die nächsten Tage vergingen wie in einem Nebel. Davis versank in seiner Arbeit, schrieb Lieder, die alle von Verlust und Sehnsucht handelten. Er versuchte, Stella anzurufen, schrieb ihr Nachrichten, aber erhielt keine Antwort. Die Welt um ihn herum schien ihre Farbe verloren zu haben, und der Schnee draußen wirkte nun kalt und trostlos.

Eines Abends, als der Schnee besonders heftig fiel, beschloss er, auszugehen. Die Wände seiner Wohnung schienen auf ihn zuzukommen, und er musste einfach raus. Ohne genau zu wissen, wohin, zog er seine dicke Jacke an und trat hinaus in die eisige Luft.

Während Davis durch die verschneiten Straßen ging, fiel sein Blick auf ein Mädchen, das in einer Einfahrt spielte. Sie bückte sich, um eine Schneekugel zu formen, und als sie aufblickte, blitzten ihre blonden Haare im Licht auf. Davis blieb kurz stehen, ein seltsames, warmes Gefühl stieg in ihm auf, verschwand aber so schnell, wie es gekommen war. Das Mädchen wandte den Kopf ab und lief lachend zu einem anderen Kind.

Schließlich fand er sich vor einer Bar wieder, deren Neonlicht einladend in der Dunkelheit leuchtete. Ohne groß nachzudenken, trat er ein. Drinnen war es warm, und leise Musik spielte im Hintergrund. Er setzte sich an den Tresen und bestellte einen Whisky.

„Schwerer Tag?" fragte der Barkeeper, ein älterer Mann mit grauem Bart und freundlichen Augen.

Davis nickte nur und nahm einen Schluck. Der Alkohol brannte in seiner Kehle, aber es war eine willkommene Ablenkung.

„Manchmal hilft es, darüber zu reden", meinte der Barkeeper.

„Ich glaube nicht, dass es etwas bringt", antwortete Davis leise. „Aber danke."

Der Mann zuckte mit den Schultern und ließ ihn in Ruhe. Davis starrte in sein Glas und fragte sich, wie es so weit kommen konnte. Ob er sie jemals zurückgewinnen würde. Dann glitten seine Finger in die Tasche seines Mantels und zogen einen kleinen, kühlen Gegenstand hervor. Er betrachtete ihn eine Weile, dann schloss er die Hand darum, als würde er die Erinnerung festhalten, die er nicht in Worte fassen konnte.

****

Die Nacht wurde zu Morgen, und der Morgen zog sich hin. Davis versank tiefer in seine Zweifel. Er überprüfte ständig sein Handy, las alte Nachrichten von ihr, versuchte, in den Worten Hoffnung zu finden. Doch Stella blieb still.

Seine Wohnung war in absoluter Stille getaucht, und Davis lag niedergeschlagen auf der Couch. Der Gedanke, dass er sie nicht erreichte, nagte an ihm. In einem Impuls griff er nach seiner Jacke und den Schlüsseln. Er wusste nicht, wohin er wollte, nur dass er rausmusste.

Erst als er auf dem Rückweg war, die kühle Luft draußen seine Gedanken klärte, spürte er die Ironie. Er hatte schon längst einen Weg gesucht, Antworten zu finden, doch die Sitzungen bei Dr. Weber schienen ihm kaum zu helfen. Vielleicht, dachte er, lag es daran, dass er sich selbst nicht helfen ließ.

****

Davis saß am Klavier vor dem Fenster, seine Finger bewegten sich gefühlvoll, während draußen der Schnee fiel und die Nacht sich still über die melancholische Melodie legte.

6

No Singer, No Song

Johnny saß in seinem kleinen, überfüllten Apartment. Der Raum wirkte wie ein Museum vergangener Tage: Alte Bandposter hingen schief an den Wänden, leere Bierdosen türmten sich auf dem Couchtisch, und in der Ecke lehnte sein abgenutzter Bass. Sein Handy lag vor ihm auf dem Tisch, das Display dunkel. Er hatte Davis in den letzten Wochen unzählige Nachrichten geschrieben. Keine Antwort.

Er seufzte, nahm sein Handy und wählte eine Nummer.

„Dan? Hier ist Johnny."

Am anderen Ende meldete sich eine vertraute Stimme. Dan war ein alter Bekannter aus der

Musikszene, ein rastloser Gitarrist, der immer unterwegs war.

„Johnny! Lange nicht gehört. Was gibt's?"

„Du bist doch gerade von deiner Tour zurück, oder?" fragte Johnny.

„Ja, vor ein paar Tagen. Warum?"

„Hast du Davis gesehen? Ich habe seit Wochen nichts von ihm gehört."

Dan überlegte kurz. „Tatsächlich habe ich ihn gesehen. In Vegas, vor ein paar Wochen. Er hat in einer kleinen Bar gespielt, Sunset Lounge."

„Vegas?" Johnny setzte sich aufrecht hin. „Was macht er in Vegas?"

„Keine Ahnung. Er war ziemlich fokussiert. Hat einen Song über Schnee gespielt. Der Laden war mucksmäuschenstill."

Johnny runzelte die Stirn. „Danke, Dan. Das hilft mir."

„Kein Problem. Viel Glück, ihn aufzuspüren."

Nachdem Johnny aufgelegt hatte, blieb er für einen Moment still sitzen. Sein Blick fiel auf ein altes Foto der Band – Davis in der Mitte, mit seiner Gitarre, während Johnny und die anderen lachend um ihn standen. „Du bist immer auf der Suche gewesen", murmelte Johnny. „Aber irgendwann musst du dich entscheiden, Davis. Es kann nicht immer nur Flucht sein."

****

Am nächsten Abend saßen Johnny, Jimmy und Peter im alten Proberaum. Die einst lebendige Energie des Raums war verblasst. Verstärker und Kabel lagen achtlos herum, eine leere Bierflasche rollte unter dem Tisch. Peter hatte sich auf einen Stuhl gesetzt, während Jimmy mit verschränkten Armen neben der Tür stand.

„Also, was ist dein Plan, Johnny?" fragte Peter gelangweilt.

Johnny schob sein Handy über den Tisch. „Dan hat ihn gesehen. Davis ist in Vegas. Er hat in einer Bar gespielt, der Sunset Lounge."

„Vegas?" Jimmy hob eine Augenbraue. „Was zum Teufel macht er in Vegas?"

„Das will ich rausfinden." Johnny beugte sich vor. „Wir müssen ihn finden."

„Und dann was?" warf Jimmy ein. „Wir bringen ihn zurück, binden ihn an einen Stuhl und zwingen ihn, weiter Songs zu schreiben?"

„Wir holen ihn zurück in die Realität." Johnny klang entschlossen. „Er ist unser Frontmann. Ohne ihn sind wir nichts."

Peter schnaubte. „Vielleicht ist er ohne uns besser dran."

Johnny starrte ihn an, seine Augen blitzten auf. „Das meinst du nicht ernst, oder? Davis gehört zur Band. Wir sind eine Familie."

„Familie, hm?" Peter hob eine Augenbraue. „Wenn das so ist, warum fühlt es sich an, als hätten wir seit Monaten nichts mehr zusammen hinbekommen?"

„Weil er fehlt", sagte Johnny mit Nachdruck. „Aber ich hab eine Idee."

Jimmy lehnte sich gegen die Wand. „Okay, Johnny, raus mit der Sprache. Was hast du vor?"

„Wir brauchen Livia", erklärte Johnny. „Sie ist die Einzige, die ihn wirklich erreichen kann."

Peter setzte sich aufrecht hin. „Du willst Livia anrufen? Nach all der Zeit? Das wird doch ein Desaster."

„Nein, das wird es nicht." Johnny stand auf und griff nach seinem Handy. „Ich habe keine Ahnung, ob sie ihn sehen will. Aber sie hat ihn damals zurückgeholt. Vielleicht kann sie es wieder schaffen."

****

Johnny trat vor die Tür des Proberaums, die kühle Abendluft schlug ihm entgegen. Er wählte Livias

Nummer und hielt das Handy ans Ohr. Sein Herz klopfte schneller, als sie abnahm.

„Johnny?" Ihre Stimme klang überrascht. „Was ist los?"

„Livia, ich weiß, das ist vielleicht seltsam, aber ich brauche deine Hilfe", begann Johnny. „Davis ist in Vegas. Ich glaube, er sucht etwas, aber er wird es nicht allein finden."

„Johnny..." Sie zögerte. „Wir haben uns seit Jahren nicht mehr gesehen. Ich bin mir nicht sicher, ob er mich überhaupt sehen will."

„Natürlich will er das", sagte Johnny schnell. „Er weiß es vielleicht noch nicht, aber er braucht jemanden, der ihn versteht. Und das bist du."

Ein Moment der Stille folgte, dann hörte er ihr leises Seufzen. „Ich denke darüber nach."

****

Zurück im Proberaum setzte Johnny sich wieder zu den anderen. Sein Blick war entschlossen.

„Ich hab mit Livia gesprochen", sagte er.

„Du hast was?" Peter lachte ungläubig. „Das wird eine Katastrophe."

„Nein, wird es nicht", erwiderte Johnny. „Davis braucht uns. Aber vielleicht braucht er sie noch mehr."

Jimmy schüttelte den Kopf und verzog die Lippen zu einem kleinen Lächeln. „Du bist echt verrückt, Johnny. Aber wer weiß, vielleicht funktioniert es ja."

Peter lehnte sich wieder zurück und schnaubte. „Wenn das schiefgeht, bist du derjenige, der alles erklären darf."

Johnny ignorierte ihn und blickte auf ein altes Bandposter, das an der Wand hing. Es zeigte Davis, wie er mit der Gitarre in der Mitte der Gruppe stand, die Augen voller Energie.

„Wir schaffen das", murmelte er. „Wir sind eine Band."

****

Johnnys Blick verweilte auf dem alten Bandfoto, bevor er wieder zu den dunklen Straßen der Stadt wanderte, sein Blick auf den mit Schnee bedeckten Asphalt gerichtet.

7

Las Vegas

Las Vegas, here we come
I got my mojo and cross
Las Vegas, here we come
Got no regrets, got no loss

Wenige Schneeflocken zuvor.

Die Tage hatten sich zu Wochen gestreckt, und Davis fühlte, wie die Leere in seiner Wohnung ihn zu verschlingen drohte. Jeder Winkel schien voller Erinnerungen an Stella zu sein. Ihr Lachen, ihr Duft, ihre Berührungen – alles war noch da, aber sie war fort. Die Stille wurde unerträglich, und er musste einfach raus.

An einem grauen Morgen warf Davis ein paar Sachen in eine Tasche, schnappte sich seine Schlüssel und verließ die Wohnung. Sein Ziel war klar: Las Vegas. Ein Ort, an dem er alles verlieren konnte, auch sich selbst – und genau das wollte er. Die grellen Lichter, die Anonymität, die Möglichkeit, für ein paar Nächte alles zu vergessen, was ihn quälte.

Er dachte an Stellas letzte Worte: „Du suchst etwas, das nicht da ist. Vielleicht musst du es an einem anderen Ort finden."

Der Motor seines Autos brummte monoton, während die Landschaft draußen wie in einem endlosen Film an ihm vorbeizog. Der Winter wich allmählich dem Frühling, und der Schnee wich der warmen und trockenen Luft Nevadas. Die weite Wüste erstreckte sich vor ihm, ein Meer aus Sand und Felsen, unterbrochen nur von der flirrenden Hitze am Horizont.

Die Szenerie erinnerte Davis an eine Art von Feuer – das in Livias Augen, als sie ihn eines Nachts herausforderte.

„Du wirst das alles irgendwann hinter dir lassen, Davis", hatte sie gesagt, als sie gemeinsam durch die dunklen Straßen von Flakeville fuhren. „Die Clubs, die Exzesse, die Zweifel. Aber weißt du, was übrig bleibt?"

„Was denn?" hatte er gefragt, mehr aus Neugier als aus echter Überzeugung.

„Die Musik", hatte sie geantwortet. „Und vielleicht jemand, der dich trotz allem liebt."

Doch damals war er nicht bereit gewesen, das zu hören. Jetzt wusste er, dass sie recht gehabt hatte.

Er war immer auf der Suche nach etwas gewesen. Aber vielleicht hatte er es damals schon gefunden – und wieder verloren.

Als die Sonne hinter den Bergen verschwand, tauchten die ersten Lichter von Las Vegas am Horizont auf. Die Stadt wirkte wie eine Oase aus Neonlicht inmitten der Dunkelheit. Davis spürte ein Kribbeln – eine Mischung aus Nervosität und Vorfreude.

Er parkte sein Auto in der Tiefgarage eines großen Casinos und betrat die schillernde Welt von Las Vegas. Überall blinkten Lichter, Menschen strömten an ihm vorbei, Lachen und Musik erfüllten die Luft. Es war überwältigend, doch genau das suchte er.

Davis ließ sich von der Menge treiben und betrat schließlich ein Casino mit dem Namen „Golden Oasis". Ein großes Schild verkündete: „Elvis Tribute Show – Only Tonight!" Ein Lächeln huschte über sein Gesicht. Vielleicht würde eine Show ihm helfen, auf andere Gedanken zu kommen.

Drinnen war es laut und hektisch. Spielautomaten klingelten, die Leute jubelten an den Tischen, und Kellnerinnen in glitzernden Outfits servierten

Drinks. Davis setzte sich an die Bar und bestellte einen Whiskey.

„Erster Abend in Vegas?" fragte der Barkeeper, ein freundlicher Mann mit schütterem Haar und einem breiten Grinsen.

„Sieht man das so deutlich?" antwortete Davis ironisch und nahm einen Schluck.

„Ein geübtes Auge erkennt das sofort", lachte der Barkeeper. „Lassen Sie mich raten: Auf der Suche nach Ablenkung?"

„Etwas in der Art", gab Davis zu.

Plötzlich ertönte eine Stimme aus den Lautsprechern: „Ladies and Gentlemen, the King is back! Bitte begrüßen Sie mit mir: Elvis Presley!"

Ein Elvis-Imitator betrat die kleine Bühne in der Ecke der Bar. Er trug den typischen weißen Anzug mit goldenen Verzierungen, die Haare zu einer imposanten Tolle frisiert. Der Mann war mindestens 70 Jahre alt, hatte einen grauen Bart und trug eine dicke Brille, aber sein Enthusiasmus war ansteckend.

Nach ein paar Songs setzte sich der Elvis-Imitator zu Davis an die Bar. „Hey, junger Mann, wie gefällt dir die Show?" fragte er und zwinkerte.

„Großartig", antwortete Davis ehrlich. „Sie haben wirklich Spaß da oben."

„Das ist das Wichtigste, nicht wahr?" sagte der Mann und nahm einen großen Schluck von seinem Drink. „Ich bin übrigens Ernie, aber die meisten nennen mich hier einfach Elvis."

„Freut mich, Ernie. Ich bin Davis."

„Also, Davis, was führt dich nach Las Vegas? Suchst du nach etwas Bestimmtem oder läufst du vor etwas davon?"

Davis war überrascht von der Direktheit der Frage. „Vielleicht ein bisschen von beidem", antwortete er nachdenklich.

Ernie nickte wissend. „Weißt du, ich habe hier schon viele Seelen wie dich gesehen. Vegas zieht die Suchenden und die Verlorenen an. Manchmal finden sie hier, was sie brauchen, oft aber auch nicht."

„Und was ist mit dir?" fragte Davis. „Warum bist du hier?"

Ernie lachte. „Ich? Ich bin hier, weil ich nirgendwo anders sein möchte. Ich habe mein ganzes Leben damit verbracht, jemand anderes zu sein – warum jetzt damit aufhören?"

Davis schmunzelte. „Das klingt paradox."

„Vielleicht", gab Ernie zu. „Aber manchmal muss man in eine Rolle schlüpfen, um herauszufinden, wer man wirklich ist."

Die Worte trafen Davis tiefer, als er erwartet hatte. War er nicht auch dabei, eine Rolle zu spielen, um seinen eigenen Problemen zu entkommen?

„Was machst du beruflich, Davis?" fragte Ernie und sah ihn über den Rand seiner Brille hinweg an.

„Ich bin Musiker", antwortete Davis. „Oder versuche es zumindest."

„Ein Kollege! Das gefällt mir." Ernie klopfte ihm auf die Schulter. „Weißt du was? Morgen Abend haben wir hier eine offene Bühne. Vielleicht hast du Lust, ein paar Songs zu spielen."

Davis zögerte. „Ich weiß nicht..."

„Komm schon, Junge! Die Bühne ist der beste Ort, um den Kopf freizubekommen. Glaub mir, ich spreche aus Erfahrung."

Nach einigem Hin und Her willigte Davis ein. „Okay, warum nicht?"

„Das ist die Einstellung!" Ernie hob sein Glas. „Auf neue Erfahrungen!"

Sie stießen an, und für einen Moment fühlte Davis eine Leichtigkeit, die ihm seit Langem gefehlt hatte.

****

Am nächsten Abend kehrte Davis ins „Golden Oasis" zurück. Die offene Bühne war bereit, und einige Musiker probten ihre Songs. Ernie begrüßte ihn herzlich. „Da bist du ja! Bereit?"

„So bereit, wie ich sein kann", antwortete Davis nervös.

Er nahm seine Gitarre aus dem Koffer und stimmte sie. Als er auf die Bühne trat, blendeten ihn die Lichter kurz, doch dann fand er seinen Fokus. Er begann, einen seiner neuen Songs zu spielen:

I got a lucky number

And it ain't seven

So let's ramba zamba

Feel the heat in heaven

Let's go, say a prayer

And roll them dice

And if we do win

We'll get drunk tonight

Die Gäste hörten aufmerksam zu, einige wippten im Takt. Davis spürte, wie die Musik ihn erfüllte, wie die Unsicherheiten von ihm abfielen. Als er den letzten Akkord anschlug, brach Applaus aus.

Ernie stand am Rand der Bühne und grinste breit. „Ich wusste, dass du es drauf hast!"

Nachdem er von der Bühne gekommen war, setzte sich Davis wieder an die Bar. „Das war unglaublich", gestand er. „Ich hatte vergessen, wie gut es sich anfühlt zu spielen."

„Siehst du?" sagte Ernie zufrieden. „Manchmal braucht es nur einen kleinen Schubs."

„Vielleicht hast du recht." Davis nahm einen Schluck von seinem Drink. „Weißt du, ich bin eigentlich hierhergekommen, um etwas zu vergessen. Oder jemanden."

„Ah, die alte Geschichte." Ernie nickte verständnisvoll. „Herzschmerz ist ein mächtiger Motivator. Aber er kann dich auch in die Irre führen."

„Wie meinst du das?"

„Nun, du kannst versuchen, vor deinen Gefühlen davonzulaufen, aber sie holen dich immer ein. Besser ist es, sich ihnen zu stellen."

Davis dachte über Ernies Worte nach. „Du bist weiser, als du aussiehst."

Ernie lachte laut. „Das höre ich nicht oft! Aber vielleicht habe ich in meinem langen Leben das eine oder andere gelernt."

In den nächsten Wochen sicherte Ernie Davis ein paar weitere Auftritte in bekannten Clubs: Sunset Lounge, Boulevard Pool, Blue Martini.

****

Als Davis eines Nachts ein Casino verließ, hielt er kurz inne und reflektierte seinen Gemütszustand. Er fühlte sich spürbar leichter. Die vielen Gespräche mit Ernie hatten ihm sichtlich gutgetan.

Während er die Straße entlangging, wurde er plötzlich von einer vertrauten Stimme angesprochen.

„Davis?"

Er drehte sich um und blickte direkt in Livias Augen. Sie sah genauso aus, wie er sie in Erinnerung hatte: elegantes Auftreten, durchdringender Blick, ein Lächeln, das sowohl Wärme als auch Unsicherheit ausstrahlte.

„Livia? Was machst du hier?" fragte er überrascht.

„Ich könnte dich dasselbe fragen", erwiderte sie. „Ich bin wegen einer Kunstmesse hier. Und du?

Davis zuckte mit den Schultern. „Ich brauchte einfach eine Auszeit. Einen Tapetenwechsel."

Sie nickte verständnisvoll. „Die Stadt der Lichter als Zufluchtsort. Klingt vertraut."

Sie schlugen vor, gemeinsam etwas zu trinken, und fanden ein ruhiges Café abseits des Trubels.

„Es ist lange her", begann Livia, nachdem sie sich gesetzt hatten.

„Ja, das ist es", bestätigte Davis." „Wie geht es dir?"

„Mir geht es gut. Ich arbeite an neuen Projekten, reise viel. Und du? Wie läuft es mit der Musik?"

„Es geht so", sagte er ehrlich. „Ich habe mich ein bisschen verloren gefühlt in letzter Zeit."

„Das kenne ich", sagte sie leise. „Manchmal braucht man einen Neustart."

Sie unterhielten sich weiter über alte Zeiten, ihre gemeinsamen Erinnerungen und die Wege, die sie seitdem eingeschlagen hatten. Es war eine angenehme Unterhaltung, frei von Vorwürfen oder unerfüllten Erwartungen.

„Ich habe dich im Blue Martini gesehen", sagte Livia plötzlich.

Davis blickte auf. „Du warst dort?"

„Ja, ich war zufällig dort. Du warst großartig."

„Danke", sagte er und spürte eine leichte Röte in seinen Wangen.

„Es hat mich daran erinnert, wie leidenschaftlich du immer warst, wenn es um Musik ging", fuhr sie fort. „Es ist schön zu sehen, dass du das nicht verloren hast."

„Manchmal fühlt es sich an, als wäre es das Einzige, was mir bleibt", gestand er.

„Vielleicht ist es das Wichtigste", meinte Livia. „Die Musik war immer deine wahre Liebe."

Davis lächelte schwach. „Vielleicht hast du recht."

Sie sah ihn lange an. „Pass auf dich auf, Davis. Und hör nie auf zu spielen."

Nachdem Livia gegangen war, spürte Davis die Schwere ihrer Worte. Ihre Präsenz hatte ihn aus der Routine seiner Flucht gerissen. Etwas an ihrer Stimme, an der Art, wie sie ihn ansah, erinnerte ihn daran, dass es Menschen gab, die trotz allem an ihn glaubten.

Er fragte sich, warum er immer andere brauchte, um zu erkennen, was wirklich wichtig war. Die Musik? Ja. Aber vielleicht auch die Menschen, die ihn trotz all seiner Fehler weiterhin unterstützten. Ob Johnny wusste, dass er Livia hier treffen würde? Es war eine leise Vermutung, die Davis nicht losließ.

****

Am nächsten Morgen traf er Ernie ein letztes Mal im Casino.

„Also, du machst dich auf den Weg?" fragte Ernie.

„Ja", bestätigte Davis. „Es ist Zeit, nach Hause zu fahren."

Ernie klopfte ihm auf die Schulter. „Ich wünsche dir alles Gute, Junge. Denk daran, das Leben ist wie ein Lied – du bestimmst den Rhythmus."

„Danke für alles, Ernie. Du hast mir mehr geholfen, als du vielleicht denkst."

„Ach, ich habe nur ein paar alte Weisheiten geteilt. Der Rest lag bei dir."

Davis lächelte. „Vielleicht sehen wir uns wieder."

„Vielleicht", erwiderte Ernie mit einem Zwinkern. „Und wenn nicht, spiel weiter deine Musik. Die Welt braucht sie."

Während Davis aus der Stadt fuhr, summte er eine neue Melodie vor sich hin. Die Wüste erstreckte sich vor ihm, und die Sonne ging am Horizont auf.

You can cross the line
You can spend some time
Or get lost tonight
In Las Vegas
You can hope you'll find

Your lucky charm in this life
Or you'll get broke tonight
In Las Vegas

****

Die Kamera schwenkt von Davis' nachdenklichem Gesicht zurück auf die glitzernden Lichter der Stadt, die in der Dunkelheit pulsieren und langsam verblassen. Cut!

Teil II

Zwischen Venus und Erde

**

Blue Dot

Crash Into You

Interlude: Luftgitarre

Wading

Money, Money

Speed of Light

Schnee Isch Wiis

8

Blue Dot

Among the stars, we drift as one
A pale blue dot beneath the sun
In your embrace, I know my place
A love so vast, it conquers space

Die Lichter von Las Vegas verblassten langsam hinter Davis, während er die endlosen Straßen in Richtung Heimat befuhr. Die Welt wirkte hier draußen so anders, so still im Vergleich zu dem tosenden Chaos der Stadt. Sein Herz schlug schwer, erfüllt von der Entschlossenheit, Stella zu finden und die Dinge zu klären – doch ein anderer Gedanke ließ ihn nicht los.

Livia.

Ihr unerwartetes Wiedersehen hatte etwas in ihm aufgewühlt, das er längst für verloren gehalten hatte. Während die Nacht sich um ihn legte, kehrten seine Gedanken immer wieder zu einem magischen Abend vor drei Jahren zurück…

****

„Ein Planetarium?" fragte Davis, überrascht. „Haben Sie das etwa geplant, Mrs. Frostberg?"

„Vielleicht", sagte Livia mit einem leichten Lächeln. „Ich dachte, wir könnten etwas brauchen, das uns für einen Moment die Welt vergessen lässt."

Bevor er antworten konnte, nahm sie seine Hand und zog ihn mit sich. „Vertrau mir", fügte sie leise hinzu.

Im Inneren war es ruhig und dunkel. Sie setzten sich in die hinterste Reihe, und als die Projektion begann, verschwand das Gebäude um sie herum. Die Decke verwandelte sich in einen grenzenlosen Sternenhimmel. Sterne, Planeten und Galaxien wirbelten über ihnen, während eine sanfte Stimme die Geschichten des Kosmos erzählte.

Davis lehnte sich zurück, der Anblick überwältigte ihn. „Das ist unglaublich", flüsterte er.

Livia sah ihn an, ihre Augen glänzten im schwachen Licht der Sterne. „Das Universum ist so groß", sagte sie leise. „Und wir sind so klein. Aber das macht es doch irgendwie noch schöner, oder? Dass wir überhaupt da sind."

Davis drehte sich zu ihr und betrachtete ihr Gesicht, das von dem silbernen Licht der Sterne erhellt wurde. Sie wirkte, als wäre sie selbst ein Teil dieses Himmels. „Du findest immer einen Weg, mich zum Staunen zu bringen", sagte er schließlich.

Livia lächelte und nahm seine Hand. „Ich wollte nur, dass du weißt, dass du Teil von etwas Großem bist, Davis. Vielleicht größer, als du manchmal glaubst."

Als sie das Planetarium verließen, war Flakeville in Schnee gehüllt. Der Wind hatte nachgelassen, und die Straßen waren fast menschenleer. Davis griff nach Livias Hand, seine Finger verschränkten sich fest mit ihren.

„Lass uns ein Stück gehen", sagte er.

Doch bereits nach wenigen Schritten blieb er stehen, drehte sich zu ihr und sah sie an. Livia hielt seinem Blick stand, und für einen Moment schien die Welt zu pausieren. Doch dann brach Davis das Schweigen. Mit einem plötzlichen Funkeln in den Augen schritt er vor, stellte sich unter eine alte Straßenlaterne und sah hinauf zum Nachthimmel.

„Weißt du", begann er, „ich habe manchmal das Gefühl, ich bin nichts weiter als ein winziger Punkt." Er machte eine dramatische Geste und drehte sich um die Laterne, als wäre sie sein

Tanzpartner. „Ein kleiner blauer Punkt verloren, in der Unendlichkeit."

Livia lachte, leise und überrascht von seiner plötzlichen Energie. Ihre Augen funkelten. Davis schmunzelte, hob den Blick zum Himmel und breitete die Arme aus.

„Aber weißt du, was verrückt ist?" Seine Stimme wurde weicher, als er weitersprach. „Dass dieser Punkt – so winzig, so unbedeutend – sein Universum direkt vor sich haben kann." Er sah sie an, seine Augen ernst und doch voller Leben. Dann begann er zu singen, seine Stimme klar und sanft, getragen von der kühlen Nachtluft:

When I go crazy
you unpace me
You're my universe
I'm your blue dot, baby

Davis schritt weiter, seine Bewegungen elegant und verspielt, seine Arme zeigten immer wieder gen Himmel, als wollte er die Sterne selbst greifen. Livia blieb stehen, ihre Hände in den Manteltaschen, während sie ihm lauschte. Ihre Augen folgten jeder seiner Gesten.

You're millions of galaxies
That's what you dare to be

With all of your gravities
That's how you handle me

Als er die letzte Zeile sang, ließ er sich dramatisch zurückfallen, nur um sich mit einer schwungvollen Bewegung wieder aufzurichten. Seine Stimme verklang, und die Nacht kehrte zurück zu ihrer stillen Schönheit.

Livia trat langsam zu ihm, ihre Augen schimmerten feucht. „Du bist wirklich unverbesserlich", sagte sie, ihre Stimme sanft. „Und das liebe ich so an dir."

Davis zuckte leicht mit den Schultern, als wollte er die Bedeutung seiner Worte abtun. Doch dann trat er näher zu ihr, sodass ihre Gesichter nur noch einen Atemzug voneinander entfernt waren. „Es ist die Wahrheit, Livia", sagte er. „Du bist das Größte. Du bist... alles."

Livia suchte seinen Blick, und für einen Moment wirkte sie, als wolle sie etwas sagen. Doch sie entschied sich anders. Stattdessen legte sie ihre Hand auf seine Wange und küsste ihn.

Der Kuss war leise und zärtlich, so wie die Nacht um sie herum. Die Sterne über ihnen funkelten, doch keiner so hell wie das Licht in ihren Augen.

****

Als die Erinnerung verblasste, holte Davis einen tiefen Atemzug. Die Straße vor ihm dehnte sich wie ein schwarzes Band ins Unendliche, nur ab und zu unterbrochen von den flackernden Lichtern entfernter Städte.

Er dachte an die Worte, die Livia an jenem Abend gesagt hatte, ihre Stimme leise und voller Gewissheit: „Wir sind alle Teil von etwas Größerem."

Doch wenn das stimmte, warum hatte dieses Größere sie auseinandergerissen? Warum waren sie damals getrennte Wege gegangen, obwohl es sich so angefühlt hatte, als könnten sie ein eigenes Universum erschaffen?

Sein Griff um das Lenkrad wurde fester, und ein bittersüßes Lächeln stahl sich auf sein Gesicht. Vielleicht, dachte er, sind einige Fragen dazu bestimmt, unbeantwortet zu bleiben – wie Sterne, die man sehen, aber niemals erreichen kann.

Und doch blieb die Erinnerung, wie ein Licht, das ihm den Weg wies, während er sich auf das konzentrierte, was vor ihm lag. Stella.

9

Crash Into You

I am the future, I'll be your past
I'm everything that won't last
All I want is to crash
Into your plane, let's make it fast

Zurück in seiner Heimatstadt wusste Davis, dass er sich Stella stellen musste, egal, wie schwer es war. Er hatte die Tage gezählt, die seit ihrem Streit vergangen waren, und wusste, dass er sie nicht länger meiden konnte. Doch als er ihre Wohnung erreichte, war sie nicht da. Eine Nachbarin, die seit einem Vierteljahr dort wohnte, erklärte ihm, sie kenne keine Stella. Vermutlich, so meinte sie, sei jene längst verreist gewesen, noch bevor sie selbst eingezogen war.

Verzweifelt suchte Davis nach ihr, rief alte Freunde und Bekannte an, doch niemand schien zu wissen, wo sie war. Es war, als hätte sie sich in Luft aufgelöst. Die Stunden und Tage flossen ineinander, und Davis fühlte sich zunehmend verloren, als ob die Welt selbst aus den Fugen geraten wäre.

Eines Nachts fuhr er ziellos durch die Straßen von Flakeville, die sich allmählich leerten, und der Regen begann zu fallen. Seine Scheinwerfer schnitten durch den dichten Regen, und das Prasseln auf dem Dach des Wagens wurde zu einer monotonen Melodie, die seinen rastlosen Gedanken eine gewisse Ruhe gab.

Er fuhr durch eine kaum beleuchtete Gasse, als eine Silhouette seine Aufmerksamkeit erregte. Eine Frau stand unter einer flackernden Straßenlaterne, ihren Mantel eng um sich geschlungen, ihr Kopf war leicht geneigt, als ob sie auf jemanden oder etwas wartete.

„Livia? Nein... Stella?" fragte er sich, nur um zur Erkenntnis zu gelangen, dass er es aus dieser Distanz nicht mit Bestimmtheit sagen konnte. Sie sahen sich so ähnlich und waren doch so grundverschieden – wie zwei Extreme eines Kontinuums zwischen Chaos und Stabilität. Mit Stella fühlte sich alles immer wie ein Tanz auf Messers Schneide an. Sie war wie eine Melodie, die nie ganz in Einklang kommen wollte. Bei Livia war es anders gewesen. Livia hatte Ruhe in sein Chaos gebracht, hatte ihm gezeigt, dass Stabilität kein Widerspruch zur Leidenschaft war.

Doch vielleicht hatte er das damals nicht zu schätzen gewusst. Vielleicht war er nicht bereit gewesen, diese Art von Liebe zuzulassen. Und jetzt, während er im Regen stand und dem weiblichen Wesen nachsah, fragte er sich, ob er sie beide verloren hatte – und ob er das verdient hatte.

Davis hielt an und starrte durch die regennasse Scheibe. Sein Herz setzte einen Schlag aus, als er erkannte, wer es war – Stella.

Aber etwas an der Szene fühlte sich falsch an. Der verlassene Ort, das Licht, das ihre Konturen betonte, und ihre Haltung – alles erinnerte ihn daran, wie sie sich einst getroffen hatten. Der Gedanke traf ihn wie ein Schlag: War sie zurückgekehrt zu dem, was sie einst aufgab?

Ein Mann stand auf der anderen Straßenseite, zündete sich eine Zigarette an und warf Stella einen Blick zu. Davis biss die Zähne zusammen. War das einer ihrer Kunden? Sein Verstand malte Szenarien aus, jedes schlimmer als das letzte. Er konnte es nicht glauben, wollte es nicht glauben, doch die Szene ließ ihm kaum Raum für Zweifel. Er atmete tief durch, dann öffnete er die Tür und trat hinaus in den Regen. Der kalte Wind traf ihn, und der Regen durchnässte ihn sofort.

„Stella!" rief er, seine Stimme war durchdringend, beinahe verzweifelt.

Sie drehte sich langsam um, und in ihrem Gesicht spiegelte sich Überraschung wider, gefolgt von einem Anflug von Ärger. „Davis?" fragte sie, als ob sie sich nicht sicher war, ob sie träumte.

„Was machst du hier?" Er trat näher, sein Blick glitt prüfend über sie. „Bist du..." Die Worte blieben ihm im Hals stecken. Er konnte sie nicht aussprechen.

Stella runzelte die Stirn und verschränkte die Arme vor der Brust. „Was denkst du? Dass ich hier stehe, um..." Sie hielt inne und lachte bitter. „Natürlich denkst du das."

Davis schluckte, unsicher, was er sagen sollte. „Es ist nur... dieser Ort, die Zeit..."

„Ich warte auf den Bus, Davis", unterbrach sie ihn scharf. „Der ist vor zwanzig Minuten ausgefallen. Aber danke, dass du mich gleich in eine alte Schublade steckst."

Seine Schultern sanken, und eine Mischung aus Erleichterung und Scham durchfuhr ihn. „Stella, ich... Es tut mir leid. Ich wollte dich nicht verurteilen."

Sie schüttelte den Kopf, und für einen Moment war das einzige Geräusch das Prasseln des Regens. „Was machst du überhaupt hier?" fragte sie schließlich, ihre Stimme weicher.

„Ich suche dich", sagte er leise. „Seit Tagen. Wochen. Ich weiß nicht mal, wie lange es her ist, dass du gegangen bist. Aber ich konnte dich nicht einfach aufgeben."

„Davis", begann sie, doch er trat näher, unterbrach sie mit seinem Blick.

„Bitte, lass mich ausreden", sagte er. „Ich weiß, dass ich Fehler gemacht habe. Ich weiß, dass ich dich verletzt habe. Aber ich liebe dich, Stella. Nicht die Vorstellung von dir, nicht irgendeine idealisierte Version. Dich. Mit all deinen Fehlern, deinen Narben, deinem Chaos."

Sie starrte ihn an, als ob sie versuchte, seine Worte zu durchdringen. Der Regen rann ihr über das Gesicht, und Davis konnte nicht sagen, ob es Tränen waren oder nur Wasser.

„Warum?" fragte sie schließlich, ihre Stimme kaum mehr als ein Flüstern. „Warum liebst du mich, Davis?"

„Weil ich in dir sehe, was ich in mir selbst nicht finde", sagte er ehrlich. „Du bist mutig, du bist echt. Und wenn ich bei dir bin, fühle ich mich lebendig."

Stella schloss die Augen, als würde sie versuchen, seine Worte von sich fernzuhalten. „Das ist nicht genug", sagte sie, ihre Stimme brüchig. „Ich bin nicht genug."

„Doch, das bist du", sagte Davis, und seine Worte waren voller Überzeugung. „Und wenn wir abstürzen, dann stürzen wir zusammen ab."

I wanna crash into your plane

You know I'm bad, so don't complain

Don't you look back, I'm right in front

I'm not your past, I'm yet to come

Die Musik setzte ein, und es war, als würde die Welt selbst ihre Melodie singen. Davis und Stella standen sich im Regen gegenüber, ihre Stimmen verschmolzen, während sie ihre Ängste und Hoffnungen in die Worte des Songs gossen.

I'll take you out, o-out of space

Scream out loud, I won't be late

Won't hesitate, I'll give you a taste

Now I'm about to please you for days

Stella trat näher, ihre Augen suchten die seinen. „Wenn wir abstürzen, Davis", sagte sie leise, „dann wird es wehtun."

„Alles, was sich lohnt, tut das", antwortete er.

Und dann, mitten im Regen, zog sie ihn zu sich, und ihre Lippen trafen sich in einem Kuss, der all die Worte sagte, die sie nicht aussprechen konnten.

All of my troops, I sent them free
They invaded you, hope they will see
The day will come, they will be strong
And they will crash a-all along

****

Ein stiller Moment. Der Regen fiel weiter, doch für Davis und Stella schien die Zeit stillzustehen. Sie standen sich gegenüber, atmeten tief, ihre Stirnen aneinandergelehnt. Die Welt hatte sich verändert – oder vielleicht waren sie es, die sich verändert hatten.

10

Interlude: Luftgitarre

Die Welt schien für einen Moment wieder im Gleichgewicht. Nachdem die Stürme ihrer Differenzen sich gelegt hatten, fanden Davis und Stella einen Rhythmus, der fast wie ein Tanz durch die Zeit wirkte. Ihre Tage waren erfüllt von kleinen Gesten der Zuneigung, von leisen Blicken und unerwartetem Lachen, das ihre Abende erhellte. Es war, als hätten sie sich selbst in den Trümmern ihrer Vergangenheit wiedergefunden und neu erfunden.

Davis hatte lange nicht mehr so gefühlt. Die Nachmittage im Proberaum waren wieder kreativ, und die Abende in der kleinen, gemeinsam eingerichteten Wohnung waren von einem unbeschwerten Zusammensein geprägt. Die Welt schien klein und groß zugleich, mit ihnen im Zentrum dieser Blase aus Schnee, Musik und sanften, vergänglichen Momenten. Doch irgendwo in der Ferne lauerte das Unausweichliche, das Davis' innere Zerrissenheit nie ganz verschwinden ließ.

An einem sonnigen, aber kalten Nachmittag, beschloss Davis, einen Spaziergang durch den nahegelegenen Park zu machen, um seinen Kopf freizubekommen und neue Inspiration für seine Musik zu finden. Der Schnee fiel leicht und legte eine sanfte, makellose Decke über die Welt.

Davis hörte das Lachen von Kindern, das durch die kalte Luft hallte. In der Ferne sah er eine Gruppe von Mädchen, die eine Schneeballschlacht spielten. Ein Mädchen mit langen blonden Haaren stach heraus, ihr Lachen war klar und hell. Für einen Moment blieb Davis stehen und beobachtete sie, ein unerklärliches Gefühl von Wärme durchströmte ihn. Doch gleichzeitig verspürte er eine leichte Melancholie, die er nicht zuordnen konnte. Mit einem tiefen Atemzug riss er sich los und ging weiter, das Bild des spielenden Mädchens in seinem Kopf verblassend.

Plötzlich hörte Davis eine bekannte Melodie. Neugierig folgte er dem Klang, der sich wie eine

Gitarre anhörte, bis er eine Frau entdeckte, die auf einer Bank stand. Sie hielt keine physische Gitarre in der Hand, doch ihre Bewegungen und die Leidenschaft, mit der sie das Luftinstrument spielte, waren beeindruckend.

Davis blieb stehen, zog die Stirn hoch und konnte sich ein Lächeln nicht verkneifen. „Nicht schlecht für jemanden ohne echte Gitarre", rief er scherzhaft, während er näher trat.

Die Frau blickte auf und lächelte ihn an, ihr Gesicht leuchtete vor Energie. „Danke! Manchmal braucht man eben keine Saiten, um ein Gefühl einzufangen."

Davis lachte und setzte sich neben sie. „Ich bin Davis. Und du bist?"

„Conny", stellte sie sich vor und streckte ihm die Hand hin. „Touristin aus Europa und offenbar auch Amateurin in Luftgitarren-Performances."

„Aus Europa, ja?" fragte Davis interessiert. „Woher genau?"

„Aus den Alpen. Dort gibt es im Winter genauso viel Schnee, aber er hat ein anderes Gefühl. Ruhiger, abgeschiedener. Perfekt, um die Welt zu vergessen – oder neue Melodien zu finden."

Davis nickte. „Das klingt schön. Ich glaube, ich brauche genau das: ein bisschen Klarheit. Die Dinge sind... ein bisschen kompliziert."

Conny lächelte mitfühlend. „Du siehst aus, als würdest du viel mit dir herumschleppen. Wenn ich raten müsste: Musiker mit einem chaotischen Liebesleben?"

Davis lachte trocken. „Beeindruckend. Bin ich so offensichtlich?"

„Nicht offensichtlich, nur... vertraut." Sie schaute ihn aufmerksam an. „Weißt du, ich habe immer geglaubt, dass Musiker wie Schneeflocken sind. Sie tragen etwas Einzigartiges in sich, aber sobald sie auf dem Boden landen, versuchen sie, ein Teil eines Ganzen zu werden. Die Kunst besteht darin, in der Masse nicht verloren zu gehen."

Davis dachte kurz über ihre Worte nach. „Interessanter Vergleich. Manchmal fühlt es sich an, als ob ich in einem Schneesturm stecke und versuche, mich selbst zu finden."

„Vielleicht versuchst du zu viel", sagte Conny nachdenklich. „Manchmal musst du einfach aufhören zu suchen und dich treiben lassen. Die besten Melodien kommen zu einem, wenn man aufhört, sie zu erzwingen."

„Das ist leichter gesagt als getan", erwiderte Davis und sah sie an. „Wie machst du das?"

Conny lehnte sich zurück und betrachtete den schneebedeckten Park. „Ich bin nicht perfekt darin, aber ich habe gelernt, im Moment zu leben. Wenn ich spiele, denke ich nicht darüber nach, wie es klingen soll. Ich spiele einfach. Und wenn ich scheitere, versuche ich es erneut."

Davis nickte langsam, ihre Worte hallten in ihm wider. „Vielleicht sollte ich das auch versuchen."

Conny grinste. „Vielleicht solltest du. Und vielleicht solltest du dich daran erinnern, warum du überhaupt Musik machst. Es ist leicht, sich in Erwartungen zu verlieren, aber wenn du dich daran erinnerst, wie du angefangen hast... das kann dir helfen."

„Das ist... ein guter Punkt." Davis schmunzelte. „Du bist weiser, als ich erwartet hätte."

„Und du bist freundlicher, als du tust, Musiker mit chaotischem Liebesleben", erwiderte sie neckisch.

Sie unterhielten sich weiter, tauschten Geschichten aus ihren Leben aus, und Davis spürte, wie sich eine unerwartete Leichtigkeit in ihm ausbreitete. Es war, als ob der Schnee die Welt gereinigt hätte und ihm erlaubte, einen Moment ohne den Ballast seiner Sorgen zu sein.

Als die Sonne hinter den Bäumen versank und der Park in ein goldenes Licht tauchte, verabschiedete sich Conny mit einem warmen Lächeln. „Es war schön, dich kennenzulernen, Davis. Vielleicht solltest du mal in die Alpen kommen. Wer weiß, was du dort finden könntest."

„Vielleicht mache ich das", sagte Davis. „Danke für das Gespräch, Conny. Es hat... geholfen."

„Manchmal reicht ein bisschen Luftgitarre, um die Dinge ins rechte Licht zu rücken", sagte sie mit einem Zwinkern und verschwand auf dem schneebedeckten Pfad.

****

Davis sah Conny beeindruckt nach. Sie hatte ihre Gitarre immer noch fest umklammert, und es wirkte, als trüge sie die Melodie, die er nicht hörte.

11

Wading

She's been wading
I never meant to make her cry
She's been wading
I never meant to let it die

Die ersten Wochen nach ihrer Wiedervereinigung fühlten sich an wie eine Art magischer Schwebezustand. Es war, als ob die Zeit sie in eine warme, leuchtende Blase eingeschlossen hätte, in der nur sie beide existierten. Davis und Stella schafften es, ihre Differenzen beiseitezulegen und sich auf das Wesentliche zu konzentrieren: ihre Liebe zueinander. Sie verbrachten Stunden damit, alte Lieder zu hören, in die Sterne zu blicken oder einfach nebeneinander zu liegen, als ob sie jede Sekunde, die sie verloren hatten, zurückholen wollten.

Doch je mehr sich die Dinge zu klären schienen, desto stärker fühlte Davis, dass etwas in der Luft lag – etwas, das er nicht greifen konnte. Es war wie eine dunkle Wolke, die sich langsam am Horizont auftürmte, unsichtbar, aber spürbar. Diese

Unsicherheit nagte an ihm, ein ständiges Flüstern, das ihm sagte, dass das Glück, das sie momentan empfanden, trügerisch war.

Du musst dir selbst vertrauen, Davis", hatte Livia einst gesagt, als sie an einem verregneten Nachmittag zusammen in seinem Studio saßen. Sie hatte eine Tasse Tee in der Hand gehalten, während sie seine unfertigen Songs durchblätterte.

„Das ist leicht gesagt", hatte er gemurmelt. „Vertrauen ist nicht gerade meine Stärke."

„Doch, das ist es", hatte sie erwidert und ihn direkt angesehen. „Du vertraust der Musik. Du vertraust der Melodie. Warum kannst du nicht dasselbe für dich selbst tun?"

Ihre Worte hatten ihn damals getroffen, doch er hatte sie weggelächelt. Jetzt fragte er sich, warum er das getan hatte. Warum er nie wirklich zugehört hatte.

Davis versuchte sich abzulenken. Er vergrub sich in seiner Musik, spielte stundenlang auf seiner Gitarre, ließ Melodien fließen, die die Worte ausdrückten, die er nicht laut sagen konnte. Doch die Musik, die aus ihm kam, war nicht leicht und schon gar nicht hoffnungsvoll. Sie war schwer und düster, als ob seine Finger seine inneren Ängste und

Zweifel nicht zurückhalten konnten. Und je mehr er versuchte, sich von diesen Gefühlen zu befreien, desto stärker schienen sie zu werden.

****

An einem kalten Nachmittag, als Davis gerade von einer Probesession nach Hause kam, bemerkte er eine Gestalt, die vor seiner Tür stand. Eine schlanke Frau mit langen dunklen Haaren und einem Mantel, der ihren eleganten Stil unterstrich. Sein Herz setzte einen Moment aus, als er sie erkannte.

„Livia?" fragte er überrascht. Seine Stimme war eine Mischung aus Verwunderung und Anspannung. „Was machst du hier?"

Sie lächelte schwach, ihre Augen suchten seinen Blick. „Ich musste dich sehen, Davis. Es ist schon wieder eine Weile her."

Er zögerte, unsicher, wie er reagieren sollte. „Ja, das stimmt. Aber warum jetzt?"

„Kann ich reinkommen?" fragte sie leise.

Nach kurzem Zögern öffnete er die Tür und ließ sie hinein. Drinnen herrschte eine angenehme Wärme. Sie setzte sich auf die Couch, während er ihr eine Tasse Kaffee anbot.

„Danke", sagte sie, nahm einen Schluck und sah sich um. „Du hast es hier gemütlich."

Davis nickte, setzte sich ihr gegenüber und wartete darauf, dass sie den Grund ihres Besuchs erklärte.

„Ich habe gehört, dass du wieder intensiv an deiner Musik arbeitest", begann sie schließlich.

„Ja, es hilft mir, den Kopf frei zu bekommen", antwortete er vorsichtig.

Livia stellte die Tasse ab und lehnte sich vor. „Ich mache mir Sorgen um dich, Davis. Du wirkst... verändert."

Er runzelte die Stirn. „Was meinst du damit?"

„Du verschließt dich. Früher haben wir über alles gesprochen – über deine Musik, deine Träume, deine Ängste. Jetzt habe ich das Gefühl, dass du dich von allem und jedem abschottest."

Davis seufzte. „Die Dinge haben sich geändert, Livia. Wir haben uns verändert."

„Ich nicht", sagte sie fest. „Meine Gefühle für dich sind noch immer dieselben."

Er sah sie an, überrascht von ihrer Offenheit. „Livia, das ist... kompliziert. Du kannst nicht einfach nach all der Zeit auftauchen und so etwas sagen."

„Warum nicht?" entgegnete sie. „Ich bereue, wie wir auseinandergegangen sind. Ich hätte kämpfen sollen. Für dich, für uns."

Davis stand auf und ging zum Fenster. Draußen begann es leicht zu schneien, die Flocken tanzten im Schein der Laternen. „Es ist zu spät, Livia. Ich bin jetzt mit Stella zusammen."

Sie erhob sich ebenfalls und trat neben ihn. „Bist du glücklich mit ihr?" fragte sie leise.

Er schwieg einen Moment. „Ja, ich denke schon."

„Du denkst?" wiederholte sie skeptisch. „Davis, ich kenne dich. Ich sehe es in deinen Augen, dass dir etwas fehlt."

Er drehte sich zu ihr um. „Was willst du hören? Dass ich nicht weiß, was ich will? Dass ich mich verloren fühle?"

„Ich will, dass du ehrlich zu dir selbst bist", sagte sie sanft. „Ich weiß, dass du immer noch etwas für mich empfindest."

Er schloss die Augen, versuchte, seine Gedanken zu ordnen. „Livia, bitte. Das führt zu nichts."

Sie legte eine Hand auf seine Wange. „Lass es uns noch einmal versuchen. Wir hatten etwas Besonderes. Die Musik, die wir zusammen gemacht haben, unsere gemeinsamen Träume – all das kann wieder sein."

Er spürte die Wärme ihrer Berührung und die Verlockung ihrer Worte. Doch gleichzeitig dachte er an Stella, an die Momente, die sie geteilt hatten.

„Ich kann nicht", flüsterte er und trat einen Schritt zurück. „Es wäre nicht fair."

Livias Augen füllten sich mit Tränen. „Nicht fair? Und was ist mit uns? Mit dem, was wir hatten?"

„Die Vergangenheit kann nicht zurückgeholt werden", sagte er mit fester Stimme. „Wir müssen beide nach vorne schauen."

Sie wischte sich eine Träne von der Wange. „Vielleicht hast du recht. Aber ich musste es versuchen."

Davis nickte stumm.

Bevor sie ging, hielt sie inne. „Wenn du jemals deine Meinung änderst, ich werde warten."

Nachdem sie gegangen war, fühlte Davis sich erschöpft. Die Begegnung hatte alte Wunden aufgerissen und neue Zweifel gesät. Instinktiv griff er nach seiner Gitarre und begann, eine melancholische Melodie zu spielen. Die Töne hallten durch

den Raum und spiegelten seine innere Zerrissenheit wider.

She's been wading

I never meant to make her cry

She's been wading

I never meant to let it die

Die Worte flossen aus ihm heraus, als würden sie
direkt aus seinem Herzen kommen. Er dachte an
Livia, an Stella, an die Verwirrung seiner Gefühle.
War er wirklich glücklich? Oder lief er vor etwas
davon?

Die Nacht verging, und Davis verlor sich in seiner Musik. Er hoffte, darin Antworten zu finden,
doch je mehr er spielte, desto mehr Fragen tauchten
auf.

****

Davis erzählte Stella nichts von dem Treffen mit Livia. Doch Davis' Nervosität ließ Stella die psychi-
sche Anwesenheit einer anderen Frau spüren. Und
langsam begann Stella zu realisieren, dass etwas
nicht stimmte.

„Du bist so anders in letzter Zeit", sagte sie eines
Abends, als sie zusammen auf der Couch saßen.
Ihre Stimme war ruhig, doch in ihren Augen lag
eine Besorgnis, die Davis nicht ignorieren konnte.

„Ich bin nur müde", antwortete Davis, doch seine Stimme klang schwach, als würde er versuchen, sich selbst davon zu überzeugen.

„Müde?" Stella sah ihn an, ihre Augen scharf wie ein Messer. „Oder hast du mir etwas zu verbergen?" Ihr Blick durchbohrte ihn, und Davis spürte, dass er keine Ausflüchte mehr finden konnte.

Davis seufzte und fuhr sich mit der Hand durchs Haar. „Livia ist wieder in Flakeville", sagte er schließlich.

Stella starrte ihn an, und ihr Gesicht wechselte zwischen Schock und Wut. „Und du sagst mir das jetzt erst?" Ihre Stimme bebte, und Davis spürte, wie sie sich von ihm entfernte, selbst wenn sie immer noch direkt neben ihm saß.

„Ich wollte dich nicht beunruhigen", sagte Davis leise. „Es bedeutet nichts. Sie bedeutet nichts."

„Aber du hast sie getroffen?" fragte Stella, ihre Stimme war brüchig, und in ihren Augen lag mehr Schmerz, als er erwartet hatte.

„Ja", gestand Davis, „aber nur, weil sie vor unserer Tür stand. Ich wollte sie nicht sehen."

Stella stand auf, ihre Bewegungen abrupt. „Weißt du, Davis, ich hatte mich gefragt, ob du noch an ihr hängst. Und jetzt frage ich mich, ob du mich überhaupt jemals wirklich geliebt hast."

„Das tue ich!" rief Davis und stand ebenfalls auf. Er griff nach ihrer Hand, doch sie zog sie weg, als ob seine Berührung sie verletzen könnte.

„Dann beweis es", sagte sie, bevor sie ins Schlafzimmer verschwand und die Tür hinter sich schloss. Ihr Rückzug ließ Davis allein, mit einem Gefühl der Ohnmacht, das ihn fast erdrückte.

Davis griff verzweifelt nach seiner Gitarre. Die Melodie, die er spielte, war melancholisch, voller Sehnsucht. Sie drückte all die unausgesprochenen Worte aus, all die Schuldgefühle, die er in sich trug. Er fühlte sich, als wäre er in einem endlosen Ozean gefangen, während er versuchte, die Wellen der Unsicherheit und der Traurigkeit zu durchqueren. Es war ein verzweifelter Kampf, der ihm zeigte, wie zerbrechlich seine Beziehung zu Stella wirklich war.

That girl is crazy, she's crazy for me
I guess she can't get enough
I'm crazy for you, hoo-hooo
Won't let her come between us
…
She's been wading

I never meant to make her cry
She's been wading
I never meant to let it die
She's been wading
I never meant to write this song
She's been wading
But she's been wading for too long

…

She's been wading, waiting for a love song
I never wrote it, wrote it, I never did

…

I never did, I never will

Zwischen ihnen lag eine wachsende Distanz – Stella, die immer öfter allein das Schlafzimmer verließ, Davis, der stundenlang in seinem Studio saß, an seiner Gitarre zupfte und nach Worten suchte, die ihm nicht kamen. Sie sprachen weniger, ihre Berührungen wurden seltener, und Livia schwebte wie ein dunkler Schatten über ihrer Beziehung.

Davis wusste, dass er eine Entscheidung treffen musste. Livia war ein Teil seiner Vergangenheit, aber Stella war seine Gegenwart. Doch am meisten quälte ihn die Frage nach der Zukunft.

****

Hinter der geschlossenen Tür saß Stella in der Stille, während Davis' Melodie aus dem Studio klang – ein Lied, das ihre Distanz in Töne fasste.

12

Money, Money

She was so pretty
In a city full of trash
She always thought
She had to go and buy it fast

Die Spannung im Proberaum war spürbar, als Davis die ersten Zeilen von Jimmys neuem Songtext zu *Money, Money* sang. Der Text war schwer, fast zynisch, und die Melodie verstärkte die ironische Stimmung.

Where did you spend your money today
Baby girl, was it a good investment
So you got brand new shoes
But you ain't got no food
Ain't that a good investment

sang Davis, seine Stimme klang distanziert, als ob er die Worte nur widerwillig aussprach.

I used to trust her
Used to give her all my cash
I used to think that

Things between us would last

Als der Song endete, ließ Davis das Mikrofon sinken und warf Jimmy einen genervten Blick zu. „Dieser Text... ich weiß nicht, wie ich das anders sagen soll, Jimmy, aber es fühlt sich an, als würde ich gleich in einer Werbung für Banken auftauchen".

Johnny kicherte leise, während Jimmy die Augen verdrehte und meinte: „Davis, nicht jeder Song muss poetisch sein. Manchmal reicht es, wenn er direkt ins Schwarze trifft."

„Außerdem – wer von euch hat denn einen besseren Song vorgeschlagen, hä? Niemand."

Davis seufzte und schüttelte den Kopf, während er nach seiner Wasserflasche griff. In diesem Moment vibrierte sein Handy auf dem Tisch. Er nahm es, und ein flüchtiger Blick auf das Display zeigte eine Nachricht von Livia. Er zögerte kurz, bevor er sie öffnete.

„Hey Davis, ich wollte dir Bescheid geben, dass ich für eine Weile weg bin. Eine Kunstmesse – vielleicht Miami, vielleicht Los Angeles. Keine Ahnung, wie lange ich bleibe, aber ich brauche das jetzt. Es tut mir leid, falls ich mich eine Zeit lang nicht melde. Pass auf dich auf."

Er las die Nachricht zweimal. Die Geräusche der Diskussionen um ihn herum verschwammen, wurden zu einem dumpfen Hintergrundrauschen. Ein Teil von ihm wollte sofort antworten, sie bitten zu bleiben oder wenigstens nachzufragen, warum sie so plötzlich abreiste.

„Weißt du, der Text ist gut, aber Prince hätte das besser gemacht", sagte Peter, und Davis wurde plötzlich in das Hier und Jetzt zurückgerissen. Er legte das Handy beiseite, griff nach seiner Wasserflasche und trank einen Schluck.

Jimmy erstarrte. „Prince? Du wagst es, Prince hier reinzuziehen? Was hat Prince, was ich nicht habe?"

„Talent", antwortete Peter grinsend. „Und Stil."

Jimmy schnappte nach Luft, als hätte Peter gerade eine heilige Grenze überschritten. „Du hast wohl den Verstand verloren, Peter! Prince war großartig, aber niemand – ich wiederhole, niemand – kommt an David Bowie heran."

„Bowie?" Peter tat so, als könne er seinen Ohren nicht trauen. „Prince konnte auf einer Hand stehen, Gitarre spielen und dabei noch besser klingen als Bowie auf seinen besten Alben."

„Das sagst du, weil du keine Ahnung von Kunst hast", erwiderte Jimmy gereizt. „Bowie hat Genres neu erfunden. *Ziggy Stardust*? *Station to Station*? Das sind Meisterwerke, die Prince nie erreicht hat. Prince war nur ein Typ mit einer Gitarre und zu engen Hosen."

Peter brach in Gelächter aus. „Das ist nicht dein Ernst, oder? Der Typ hat auf fast jedem Instrument abgeliefert, und das in High Heels! Wer macht das heute noch?"

„Die Frage ist wohl eher, wer macht das heutzutage nicht?" entgegnete Jimmy sichtlich unbeeindruckt.

Davis, der dem Streit mit zunehmender Belustigung zugehört hatte, hob die Hand. „Okay, Jungs, bevor ihr euch gegenseitig an die Kehle geht: Können wir uns darauf einigen, dass beide großartig waren?"

„Nein!" sagten Jimmy und Peter gleichzeitig.

Der Streit hätte an dieser Stelle beendet werden können, doch Peter machte einen folgenschweren Fehler. Mit einem spöttischen Grinsen warf er ein: „Vielleicht sollte Diana entscheiden, wer besser war."

Jimmy erstarrte, sein Gesichtsausdruck wechselte von Belustigung zu Misstrauen. „Was hat Diana mit dieser Diskussion zu tun?"

Peter zögerte, bevor er ausweichend antwortete. „Nichts. Es war nur ein Witz."

„Ein Witz?" Jimmys Stimme wurde gefährlich leise. „Warum redest du überhaupt über Diana?"

Peter versuchte, das Thema zu wechseln. „Es ist doch nichts... ich meinte nur, dass–"

„Peter." Jimmys Stimme war jetzt messerscharf. „Hast du irgendetwas mit Diana?"

Peter wich einen Schritt zurück. „Es war ein Fehler, okay? Es war nur... ein Moment."

Die Stille im Raum war ohrenbetäubend. Johnny ließ seinen Bass sinken, und Davis starrte Peter an, unfähig zu glauben, was er gerade gehört hatte.

Er schäumte vor Wut: „Du hattest eine Affäre mit meiner Freundin und nennst das einen Moment?"

Peter hob die Hände, als wolle er sich verteidigen. „Ich wollte es dir nicht antun. Es war eine dumme Entscheidung. Es tut mir leid."

Jimmy schnaubte verächtlich. „Dir tut es leid? Du bist ein verdammter Verräter."

„Okay, genug!" Davis trat zwischen die beiden, doch sein Versuch, die Situation zu deeskalieren scheiterte kläglich.

„Misch du dich bloß nicht ein! Oder soll ich ein paar Details über deine ach so mysteriöse Geliebte verraten?" drohte Jimmy.

Davis erstarrte, war einen Moment lang unfähig zu reagieren. Dann, nach mehreren Sekunden des Schocks, formten seine Lippen einen resigniert klingenden Satz: „Ich dachte, wir wären eine Band."

Doch Jimmy schüttelte nur den Kopf und griff nach seiner Jacke. „Wir sind keine Band. Das war einmal. Ich bin raus."

Er marschierte aus dem Raum, und die Tür schlug hinter ihm zu. Peter stand schweigend da, sichtlich beschämt, während Johnny seine Sachen zusammenpackte.

„Das war's dann wohl", sagte Johnny leise und verließ den Proberaum, gefolgt von Peter.

Davis blieb allein zurück, seine Gedanken schwirrten. Die Gitarre in seinen Händen fühlte sich schwer an, und das Gewicht der zerbrochenen Band lastete schwer auf ihm.

****

Die letzten Echos ihrer Musik schwebten im Raum, während Davis in den Nebel trat, wo der Schnee jede von ihm hinterlegte Spur sogleich wieder verbarg.

13

Speed of Light

Can't nobody take me down
Can't nobody tell me now
That this mission can't be done

Am Morgen nach der Auflösung der Band fand Davis die Wohnung still und leer vor. Auf dem Tisch lag ein Zettel.

„Ich brauche Zeit, um herauszufinden, wer ich bin und was ich will. Bitte such mich nicht. Stella."

Er hatte nicht einmal gemerkt, wann sie gegangen war. Das letzte Gespräch, das sie geführt hatten, hallte in seinem Kopf nach, eine endlose Schleife aus Fragen ohne Antworten. Diesmal hatte sie keine Ankündigung gemacht, keine emotionalen Vorwürfe. Sie hatte einfach ihre Sachen gepackt und die Wohnung verlassen.

Die Worte fühlten sich an wie ein Messer, das tief in seiner Brust steckte. Das Papier zitterte leicht in seinen Händen, als er die Zeilen immer wieder las, in der Hoffnung, etwas übersehen zu haben, das ihm ein besseres Verständnis geben könnte. Aber da war nichts. Keine Erklärung, kein Hinweis darauf, was er hätte tun können, um sie vom Gehen abzuhalten.

Es war nicht die Tatsache, dass sie gegangen war, die ihn am meisten verletzte – es war das Schweigen, die Kühle ihrer Abwesenheit. Kein Streit, keine Möglichkeit, sie zurückzuholen, indem er seine Fehler wiedergutmachte. Es war, als hätte sie die Tür zu einem Raum geschlossen, in dem er immer noch eingesperrt war.

Davis stand in ihrem gemeinsamen Wohnzimmer, die Notiz in der einen Hand, sein Handy in der anderen. Er tippte Nachricht um Nachricht, löschte sie wieder, schrieb erneut. Doch keine fühlte sich richtig an. Schließlich ließ er das Handy sinken und starrte aus dem Fenster. Draußen war die Welt in ein frostiges, stilles Weiß gehüllt. Der Schnee fiel leise, die Straßen waren menschenleer. Die Welt war dieselbe wie vorher, doch für Davis hatte sich alles verändert.

Er konnte nicht einfach warten. Diese Stadt, diese leeren Räume – sie drückten ihn nieder, als ob sie ihn ersticken wollten. Alles erinnerte ihn an Stella: Das Sofa, auf dem sie zusammengesessen hatten, der Küchentisch, an dem sie stundenlang geredet hatten, das Bett, in dem sie sich geliebt und gestritten hatten. Er fühlte, wie die Erinnerungen an ihr Lachen und ihre Berührungen ihn zermürbten, und er wusste, dass er etwas ändern musste.

****

Die Welt war eine verschwommene Leinwand. Das Dröhnen des Motors, das dumpfe Vibrieren, das durch den Rumpf des Flugzeugs pulsierte, war kaum mehr als ein ferner Herzschlag in Davis' Bewusstsein. Draußen flimmerte die Unendlichkeit der Sterne – funkelnd, kalt, unerreichbar. Es war, als hätte er den festen Boden verlassen, um ins Nichts zu stürzen, auf der Suche nach etwas, das er nicht benennen konnte.

Seine Gedanken wanderten, schwerelos und unkontrolliert. Stella. Ihr Name schwebte wie ein Echo durch seinen Kopf, ein Stern am Rande seiner Wahrnehmung. War sie wirklich jemals greifbar gewesen? Oder nur eine Illusion, ein kosmisches Lichtspiel, das ihn geblendet hatte?

Er schloss die Augen und sah sie vor sich. Ihr Lächeln war wie eine Nova, blendend und verzehrend. Ihre Stimme – „Schnee ist wie eingefrorene Zeit" – klang wie ein ferner Ruf durch die Galaxien, und Davis fragte sich, ob sie sich bewusst war, wie tief sie sich in ihm verankert hatte. Stella war wie Venus: verführerisch, schimmernd, eine Erscheinung von Schönheit und Mystik, umgeben von einer Atmosphäre, die ihn gleichermaßen anzog und abschreckte. Venus, der Planet der Liebe, aber auch des Geheimnisvollen.

Doch da war noch jemand anderes. Livia. Sie war nicht Venus, nicht ein ferner Planet, der ihn umkreiste, sondern die Erde selbst. Livia war ein sicherer Hafen, ein Zuhause, ein Ort, der ihm Halt bot. Sie war der Boden unter seinen Füßen, das Grün der Wälder, das Blau der Ozeane, das Gold der Ähren. Bei ihr war alles vertraut, greifbar, real. Und doch war sie so weit weg, als hätte er sie nie wirklich berührt.

Sein Kopf lehnte sich gegen das kleine Bullauge des Flugzeugs. Der Blick auf die Sterne war klar, und er stellte sich vor, dass irgendwo dort oben Stella tanzte. Ihr Körper verschmolz mit der Musik, jeder Schritt war eine neue Melodie, jeder Atemzug ein Akkord. Die Passagiere um ihn herum waren Schattenfiguren, bloße Umrisse. Davis griff nach dem Notizbuch in seiner Tasche. Seine Finger zitterten leicht, als er die erste Seite aufschlug. Die

Worte flossen, als ob sie direkt aus den Sternen zu ihm kamen:

We're taking off to the moon,

Follow me,

At the speed of light,

Baby, let's be free.

We're taking off to the stars

Follow me,

Follow your heart

Baby, let's be free.

Er konnte den Takt in seinem Kopf hören, das Pulsieren der Melodie wie der Antrieb eines Raumschiffs. Der Mars erschien vor seinem inneren Auge, rot glühend, ein Symbol für die unaufhörliche Bewegung, die Kraft, die ihn antrieb. Doch er wusste, der Mars war nicht Stella und auch nicht Livia – der Mars war er selbst. Eine männliche Energie, die vorwärts drängte, ein Feuer, das nicht erlöschen wollte, selbst wenn es ihn verzehrte.

We're taking off to Mars

Off to Venus

Traveling at the speed of light

We're taking off to the stars

Taking off to the distance

Traveling at the speed of light

Plötzlich fühlte er sich seltsam schwerelos. Es war, als hätte der Flug ihn in eine andere Realität katapultiert. Der Gedanke daran, dass er die Stratosphäre durchbrach, näher an den Sternen war, als er jemals zuvor gewesen war, löste eine kindliche Faszination in ihm aus.

Ein Mensch fliegt zum Mond, dachte er. Doch ich? Ich fliege zu meinem Stern.

Er lächelte bei dem Gedanken, dass Stella tatsächlich ein Stern sein könnte. Doch wenn das wahr war – war sie dann nicht von Natur aus unerreichbar? Konnte ein Mensch jemals einen Stern halten, ohne daran zu verbrennen? Der Gedanke schmerzte, und seine Finger strichen über die Worte, die er gerade geschrieben hatte.

Er konnte nicht stillstehen. Das war seine Wahrheit. Doch war das Fliehen Teil seines Schicksals, oder hatte er sich selbst dazu verdammt? Die Venus und die Erde waren immer dort – zwei Gegensätze, zwei Welten, zwischen denen er hin- und hergerissen war. Stella und Livia. Traum und Realität.

Als das Flugzeug zur Landung ansetzte, begann die kosmische Schwerelosigkeit zu weichen. Die Sterne verblassten, und die Erde rückte näher, drängte sich in seine Gedanken zurück. Der

Moment der Klarheit, den er in den Sternen gefunden hatte, wich einer drückenden Gewissheit: Er war nicht hier, um Antworten zu suchen. Er war hier, um mit sich selbst Frieden zu schließen.

Die Reifen des Flugzeugs berührten den Asphalt mit einem dumpfen Aufschlag, und das vertraute Rattern über die Landebahn riss ihn aus seinen Gedanken. Als das Flugzeug zum Stehen kam, atmete er tief durch und griff nach seiner Tasche. Die kosmischen Visionen verblassten, wurden zu Erinnerungen, die ihm jedoch ein leises Lächeln entlockten.

Er stand auf und ging durch den Gang, die Schritte fest, aber nicht schwer. Der Schnee, der Atlantik, die Sterne – alles lag nun hinter ihm. Doch in ihm hallte eine Melodie nach, die ihn nicht losließ. Ein Vers, der ihn auf seiner Reise begleiten würde:

One second to that one
Eight minutes to the sun
I know there's something we'll see
We remain undiscovered
We shouldn't chain one another
So baby, follow my lead

Er trat aus dem Flugzeug in die kühle Nacht. Die Sterne waren hier anders, fremder, doch sie funkelten genauso. Es war ein Neuanfang, aber auch eine Fortsetzung. Die Sterne mochten leuchten, doch der Boden unter seinen Füßen war fester denn je.

****

Davis stieg in das erste Taxi, das draußen wartete. Der Fahrer nickte ihm kurz zu. Sie tauschten ein paar Worte, dann zog Davis sein Handy hervor, öffnete die Adresse, die er in seiner Notizen-App gespeichert hatte, und zeigte sie dem Fahrer.

Der Mann nickte verstehend, ein leises „Okay" entkam ihm, und er startete den Wagen. Während das Taxi sich durch die nächtliche Stadt bewegte, lehnte Davis sich zurück, ließ die Lichter an sich vorbeiziehen und spürte, wie sich ein Hauch von Abenteuer mit der Müdigkeit in ihm mischte.

Als er aus dem Taxi stieg, richtete sich sein Blick instinktiv gen Himmel, wo die Milchstrasse sich in all ihrer Pracht präsentierte.

Davis griff in seinen Rucksack und holte Stift und Papier hervor. Die magischen Worte schienen sich von selbst zu schreiben:

Moving on through space and time
Bear with me, help me find

All the freedom that we seek
Overtaking fading lights
If I ever make you mine
We'll be always up to speed

****

Davis' Blick wanderte in den Himmel, zu den Sternen, die wie unerreichbare Melodien leuchteten, während das Flugzeug in die Nacht des blauen Planeten entschwand.

14

Schnee Isch Wiis

Chum ziel uf mi
Heb mer d'Knarre an Grind
Denn hey, Rose sind rot
Und dini Liebi macht blind

Davis parkte sein Auto vor einem Gasthaus, dessen Schild in verblassten Buchstaben den Namen „Zum weissen Hirsch" trug. Einladendes Licht strömte aus den Fenstern, und er konnte das leise Summen von Stimmen und Musik hören. Er hatte sich hier mit Conny, der Luftgitarre-Spielerin, verabredet, doch sie war noch nicht eingetroffen.

Als er eintrat, umfing ihn sofort eine wohlige Wärme. Das Innere war rustikal, mit Holzbalken an der Decke und einem prasselnden Kaminfeuer an der Wand. Ein paar Einheimische saßen an Tischen, tranken Bier und unterhielten sich in einer Sprache oder einem Dialekt, den Davis nicht ganz verstand.

Er setzte sich an den Tresen, und die Wirtin, eine freundliche Frau mittleren Alters mit roten

Wangen, begrüßte ihn herzlich. „Grüezi! Was darf's sein?"

„Ein Bier, bitte", antwortete Davis und lächelte schwach.

Während er an seinem Gerstensaft nippte, ließ er seinen Blick durch den Raum schweifen. An einer Ecke stand eine alte Handorgel, daneben lehnte eine Gitarre an der Wand. Er spürte ein Kribbeln in den Fingern.

Die Wirtin bemerkte seinen Blick. „Spielst du?" fragte sie und nickte in Richtung der Instrumente.

„Ja, ein wenig", gestand er.

„Wir freuen uns immer über etwas Musik. Wenn du möchtest, fühl dich frei."

Davis zögerte kurz, dann stand er auf und nahm die Gitarre in die Hand. Sie war gut gepflegt, die Saiten frisch. Er setzte sich auf einen Hocker nahe dem Kamin und begann, leise zu spielen. Die Gespräche im Raum verstummten allmählich, als die Gäste ihm zuhörten.

Roses are red, baby

Snow is white

Violets are purple

Where we're going tonight

Roses are Red, baby

Snow is...

Davis hielt kurz inne, als er einen älteren Herr mit schneeweißem Bart bemerkte, der schnurstracks in seine Richtung auf die kleine Bühne zulief. Alles deutete darauf hin, dass der Mann ihn gleich unterbrechen würde.

„Spiel ruhig wiiter...", waren dessen Worte, als er gleichzeitig nach der Handorgel griff. Er hatte die Akkorde von Davis' Song schnell drauf und begleitete ihn auf seinen nächsten Zeilen.

I'm getting snow blind in this white land
Listen, baby, I don't wanna be your friend
Ride down the mountain from the top 'til the end
Just take my hand and please don't try to understand

Davis' Stimme erfüllte den Raum, die Melodie war melancholisch, doch voller Hoffnung. Die Wärme des Feuers, das Knistern des Holzes und der Duft von Glühwein schufen eine Atmosphäre, in der sich Davis zum ersten Mal seit langem geborgen fühlte.

Gerade als er zum finalen Refrain ansetzen wollte, stürmte eine junge Frau mit hippem, kurzem Haarschnitt und Nasenring auf die Bühne. Es war Conny. Was für ein Timing! Sie sang:

Rose sind rot, Baby

Schnee isch wiis

Veieli violett

Und ich lieb dich!

Das Trio harmonierte perfekt, Davis gab noch ein Solo auf der Gitarre zum Besten, während der Handorgel-Mann immer wieder kurze Impulse aus seinem Instrument dazusteuerte und Conny mit simplen, aber zugleich effektiven Zwischenrufen wie „hey, singet!" die kleine Runde im abgelegenen Wirtshaus animierte.

Als die Instrumente und Stimmen verstummten, applaudierten die Gäste herzlich. Der Mann mit dem langen weißen Bart trat zu Davis und stellte sich vor: „Ich bin Hans. Hans Orgel. Aber die Leute nennen mich Örgeli."

„Freut mich, dich kennenzulernen, Örgeli. Ich bin Davis".

„Das war wunderschön", sagte Örgeli mit einem freundlichen Lächeln. „Du hast Talent, junger Mann."

„Danke", erwiderte Davis bescheiden. „Es tut gut, wieder zu spielen."

„Und es tut gut, so etwas hier zu hören", fügte Örgeli hinzu, während er sich zu den anderen

Musikern umdrehte. „Du hast den Raum verzaubert, mein Junge."

Inmitten des Trubels kam Conny mit einem strahlenden Lächeln auf Davis zu.

„Hey Rockstar, du hast den Laden gerockt." Sie zwinkerte ihm zu und lehnte sich leicht an den Tresen. „Ich hab mir ein Zimmer unten im Tal genommen. Aber bevor ich verschwinde – Frühstück morgen? Wir können den Tag zusammen planen."

„Klar", antwortete Davis, bevor sein Blick wieder zu Örgeli wanderte, der sich gerade seine Quetschkommode schnappte und sich von den Gästen verabschiedete. „Danke, Conny. Wir sehen uns morgen."

Später brachte ihm die Wirtin eine heiße Suppe und frische Brotscheiben. „Aufs Haus", sagte sie lächelnd. „Du hast uns eine Freude gemacht."

Davis bedankte sich und genoss die einfache Mahlzeit. Die Herzlichkeit der Menschen hier berührte ihn tief. Er spürte, wie sich ein Frieden in ihm ausbreitete, den er lange nicht mehr gefühlt hatte.

Als die Nacht hereinbrach, bot ihm die Wirtin ein Zimmer an. „Du kannst so lange bleiben, wie du möchtest", sagte sie. „Wir könnten hier oben immer einen Musiker gebrauchen."

Davis nahm das Angebot dankbar an. Vielleicht war dies der Ort, an dem er sich selbst wiederfinden konnte.

****

Mit klopfendem Herzen näherte sie sich der Hütte. Durch das Fenster sah sie Davis, wie er am Kamin saß und auf seiner Gitarre spielte. Er sang ein paar Zeilen, die er in der Zwischenzeit von den Einheimischen gelernt hatte:

Und mir chönd d'Sunne nöd gseh

Doch tanzed ume n'im Schnee

Villich' isch alles um susch

Läbet das Schneeläbe, gäbet nöd uf

Sein Gesicht war entspannt, und in seinen Augen lag ein Frieden, den sie lange nicht mehr gesehen hatte.

Sie klopfte vorsichtig an die Tür. Davis hob den Kopf, überrascht von dem unerwarteten Besuch. Als er die Tür öffnete und das weibliche Wesen vor sich sah, konnte er zunächst kaum glauben, dass sie wirklich da war.

„Stella?" flüsterte er ungläubig.

„Ich habe dich gefunden", sagte sie lächelnd, Tränen der Erleichterung in den Augen. „Ich musste dich finden."

Er zog sie in eine warme Umarmung, beide spürten die Kälte des Schnees nicht mehr. „Wie hast du mich gefunden?" fragte er leise.

„Ich bin einfach meinem Herzen gefolgt", antwortete sie. „Und es hat mich zu dir geführt."

Eine unangenehme Stille füllte den Raum. Davis hob eine Hand, als wollte er ihre Wange berühren, ließ sie aber wieder sinken. „Stella, warum… warum bist du hier?"

Ihre Augen flackerten, als die unterdrückten Gefühle endlich die Oberfläche durchbrachen. „Weil ich es nicht mehr ertragen konnte, Davis", sagte sie, ihre Stimme bebte. „Ich habe versucht, ohne dich weiterzumachen. Ich dachte, ich müsste herausfinden, wer ich bin, bevor wir eine Chance haben. Aber es war eine Lüge. Alles, was ich herausgefunden habe, ist, dass ich dich brauche. Dass ich dich immer gebraucht habe."

Davis' Gesicht wurde weich, doch er schien immer noch zerrissen. „Stella, ich… ich weiß nicht, ob wir das reparieren können. Wir haben uns so oft gegenseitig verletzt."

„Ich weiß", antwortete sie, und Tränen liefen ihr über die Wangen. „Aber ich bin hier, Davis. Ich stehe vor dir, weil ich bereit bin, es zu versuchen. Weil ich dich liebe. Und wenn ich wieder gehen soll, dann sag es mir jetzt, denn ich weiß nicht, ob ich das noch einmal überlebe."

Die Verzweiflung in ihrer Stimme ließ Davis' Fassade zerbrechen. Er trat vor, zog sie in seine Arme und hielt sie fest, als wollte er sie vor der ganzen Welt beschützen. „Du musst nicht gehen", sagte er heiser. „Bleib hier. Bleib bei mir."

Stella vergrub ihr Gesicht in seiner Schulter und schluchzte leise, während Davis ihre Haare sanft berührte. „Ich habe dich so sehr vermisst", flüsterte sie.

„Ich dich auch", antwortete er, seine Stimme voller Emotionen. „Mehr, als ich je zugeben wollte."

Minutenlang saßen sie einfach nur da auf der Bettkante und genossen ihre Zweisamkeit. Dann hob Stella langsam ihren Kopf, lächelte kurz mit immer noch feuchten Augen, hob eine Augenbraue und bemerkte leicht ironisch: „Übrigens, Davis… ich wusste gar nicht, dass du so gut Deutsch kannst."

„Das ist nicht einfach nur Deutsch, Baby. Das ist Schwiizerdüütsch", erwiderte Davis humorvoll.

Sie verbrachten die Nacht damit, Geschichten auszutauschen, ihre Gefühle offen zu legen und sich endlich all das zu sagen, was bisher unausgesprochen geblieben war. Die Schneewände um sie herum schienen sie vor der restlichen Welt abzuschirmen.

Am nächsten Morgen, als die ersten Sonnenstrahlen den Schnee glitzern ließen, beschlossen sie, gemeinsam einen Neuanfang zu wagen. Die Klarheit der Berge hatte nicht nur Davis geholfen, sich selbst zu finden, sondern auch Stella gezeigt, was wirklich wichtig war.

****

Die Kamera schwenkt von Davis und Stella, die sich im warmen Gasthaus anlächeln, hinaus in die frostige Landschaft, wo der Schnee leise ihre Spuren zudeckt. Cut!

Teil III

Der letzte Schnee

***

Snowball

Interlude: Schneeengel

Roses Are White

Please Me!

Standing in the Rain

Neuschnee

Outro

15

Snowball

Do you still remember?

It was last december

Didn't wanna surrender

Not until november

Die Reise zurück nach Flakeville war nicht nur eine Rückkehr in die Realität, sondern auch eine Wiederentdeckung ihrer Beziehung. Sie waren nicht mehr dieselben wie vorher – zu viel hatte sich verändert, zu viel war unausgesprochen geblieben. Doch genau das machte es wertvoll, genau das ließ sie beide kämpfen. Es war, als ob jede Sekunde, die sie jetzt zusammen verbrachten, eine Chance war, sich neu kennenzulernen.

An einem verschneiten Nachmittag liefen sie durch den Park. Der Schnee bedeckte die Bäume, die Bänke, die Wege – alles war wie mit einem Schleier aus Stille überzogen. Die Welt war so anders, so friedlich, dass es ihnen ein Gefühl von

Sicherheit gab, das sie lange nicht mehr gespürt hatten.

Stella bückte sich plötzlich und formte eine Schneekugel, die sie Davis mit einem spielerischen Grinsen entgegenschleuderte. Der Schnee traf ihn an der Schulter, und er starrte sie überrascht an.

„Was soll das?" rief er lachend, während er den Schnee von seiner Jacke klopfte. Sein Lachen war echt, es brach aus ihm heraus, als hätte er vergessen, wie sich das anfühlte.

„Ich dachte, du magst Herausforderungen", neckte sie, bevor sie eine weitere Kugel formte.

Er grinste breit und griff ebenfalls nach Schnee. „Na warte, das wirst du bereuen!"

Bald tobten sie wie Kinder durch den Park, warfen sich Bälle zu und fielen schließlich lachend in eine Schneewehe. Sie waren außer Atem, ihre Gesichter gerötet von der Kälte und vom Lachen. Stella lag neben ihm, ihr Gesicht dem Himmel zugewandt, ihre Augen halb geschlossen.

„Weißt du, was ich am Schnee liebe?" sagte sie plötzlich, ihre Stimme leise.

„Was?" fragte Davis und drehte den Kopf, um sie anzusehen.

„Dass wir immer wieder von vorne anfangen können", sagte sie. „Dass nichts endgültig ist. Alles ist vergänglich. Vergänglich wie Schnee."

„Und das gefällt dir?" wollte Davis wissen.

Stella antwortete nicht direkt: „Er ist perfekt, aber er bleibt nie lange. Egal wie kalt es wird, irgendwann schmilzt er immer."

Davis musste einige Sekunden über Stellas Worte nachdenken. Dann entgegnete er: „Doch der Himmel schenkt uns jeden Winter neuen Schnee."

„Mag sein, Davis", sagte Stella. „Aber der Schnee weiß auch, wann es Zeit ist zu gehen."

Ihre Worte trafen ihn tief, und er griff nach ihrer Hand, hielt sie fest, als wolle er sie nie wieder loslassen. „Ich liebe dich, Stella. Und ich werde das nie aufgeben."

Stella drehte sich zu ihm, ihre Augen glänzten feucht, doch sie lächelte. „Ich auch, Davis", sagte sie, und ihre Worte waren eine stille Bestätigung dafür, dass sie bereit waren, es erneut zu versuchen, egal wie schwer es werden würde.

I used to be conceited
Used to believe in things I did
But she didn't let me take her down
And turned my game around

Playfully like a kid
I had the right
To shoot it right in her eyes
She had the nerve
To put my face into dirt
Finally, I realized
That real love hurts

****

Der Schnee knirschte leise unter ihren Füßen, während Davis und Stella Hand in Hand durch den Park schlenderten. Die Kälte malte rote Flecken auf ihre Wangen, und die Luft war erfüllt von der stillen Magie eines verschneiten Nachmittags. Stella wirkte ungewöhnlich ruhig, ihr Blick wanderte über die vereisten Bäume und die verschneiten Pfade, als würde sie die Welt um sich herum in sich aufnehmen.

Davis beobachtete sie aus dem Augenwinkel. Es war, als würde sie in einer anderen Realität schweben, und obwohl sie neben ihm ging, spürte er eine seltsame Distanz. Er schob den Gedanken beiseite und konzentrierte sich darauf, die Momente mit ihr zu genießen.

Plötzlich hörte er eine vertraute Stimme hinter sich.

„Davis? Davis, bist du das?"

Er drehte sich um und sah eine Gestalt in einem dicken Mantel und mit einem Schal, der fast das halbe Gesicht bedeckte, näherkommen.

„Johnny! Lange nicht gesehen." Davis lächelte, aber ein Hauch von Unsicherheit schwang in seiner Stimme mit.

Johnny umarmte ihn herzlich und klopfte ihm auf den Rücken. „Wie geht's dir? Du siehst gut aus."

„Danke, ja, läuft ganz okay", sagte Davis und nickte leicht. „Und dir? Was machst du so?"

„Ach, immer noch Musik, natürlich. Hier und da ein paar Projekte. Aber hey, ich hab gehört, dass Livia wieder in der Stadt ist. Habt ihr euch schon getroffen?" Johnny sah ihn neugierig an, als sei die Frage völlig selbstverständlich.

Davis blinzelte, als hätte Johnny ihn mit einem Schneeball ins Gesicht getroffen. „Was? Livia? Wieder in Flakeville? Nein, ich wusste das nicht."

Stella, die bisher schweigend neben Davis gestanden hatte, richtete ihren Blick auf ihn. Ihre Augen funkelten, aber sie sagte nichts.

„Ja, Livia ist zurück", fuhr Johnny fort. „Hab sie vor ein paar Wochen auf einer Session getroffen.

Sie sah... zufrieden aus. Aber auch ein bisschen nachdenklich, weißt du?" Er hielt inne, als überlegte er, ob er weiterreden sollte. „Ich hab gedacht, sie hätte sich vielleicht bei dir gemeldet."

„Nein, hat sie nicht", sagte Davis knapp, seine Stimme klang gedämpft.

„Na ja, vielleicht wollte sie erst mal alles sacken lassen", mutmaßte Johnny. „Weißt du, sie hat ein paar Dinge gesagt, die mich an früher erinnert haben. Klang fast so, als würde sie immer noch über euch beide nachdenken."

Ein unangenehmes Schweigen entstand. Stella sah Davis mit einem undefinierbaren Ausdruck an, der zwischen Verständnis und Vorsicht schwankte. Johnny schien die Stimmung zu spüren und wechselte unbeholfen das Thema.

„Mann, hat das die letzten Tage geschneit, was?!"

„Und was ist eigentlich mit Peter und Jimmy?" fragte Davis, bemüht, die Fäden der Vergangenheit zu entwirren.

Johnny zuckte mit den Schultern. „Hab nur gehört, dass Peter und Diana nächsten Frühling heiraten wollen."

Davis stutzte. „Diana? Jimmys Ex?"

„Genau die", bestätigte Johnny und zog die Schultern erneut hoch. „Ziemlich verrückt, oder? Ich hab das nur über ein paar Ecken erfahren."

„Gut, haben wir *Money, Money* nie aufgenommen… nicht, dass noch jemand auf die Idee gekommen wäre, es an der Hochzeit abzuspielen", meinte Davis ironisch. „Und Jimmy?"

„Jimmy soll angeblich nach Südamerika ausgewandert sein. Weiß aber nicht, ob das stimmt", meinte Johnny.

Davis nickte langsam, seine Gedanken wanderten zu den alten Zeiten mit der Band. Es fühlte sich an wie ein anderes Leben. Doch bevor die Erinnerungen ihn zu tief mit sich zogen, kehrte Johnnys vorheriges Thema zurück in seinen Kopf.

„Hat Livia etwas über... mich gesagt?" fragte Davis zögernd.

Johnny zuckte mit den Schultern. „Nicht direkt, aber du weißt ja, wie Livia ist. Ich hab jedenfalls den Eindruck gehabt, dass sie immer noch irgendwo an dich denkt."

„Aber hey, Ich wollte dich nicht aufwühlen, Mann. Ich dachte nur... Na ja, wenn du sie sehen willst, vielleicht kannst du ja..."

„Danke, Johnny", unterbrach Davis ihn. „Es ist gut zu wissen."

Johnny nickte langsam, als würde er verstehen, dass er besser nicht weiter bohren sollte. „Okay. Na ja, es war schön, dich zu sehen, Davis. Vielleicht laufen wir uns mal wieder über den Weg."

Johnny verabschiedete sich und verschwand im Schnee. Davis starrte ihm nach, seine Gedanken rasten. Der Name Livia hing schwer in der Luft, als wäre sie plötzlich unsichtbar anwesend.

„Willst du darüber reden?" fragte Stella schließlich, ihre Stimme war sanft, aber in ihr lag ein fester Kern.

Davis schüttelte den Kopf. „Es ist nichts. Nur... ein Geist aus der Vergangenheit."

„Geister haben die Angewohnheit, zurückzukehren, wenn man sie nicht richtig verabschiedet", sagte Stella leise und blickte ihm in die Augen.

Davis sah sie an, doch er wusste nicht, was er darauf antworten sollte. Ihr Blick war tief und unergründlich, und in ihm lag etwas, das ihn daran erinnerte, wie sehr sie ihn verstand – und wie wenig er manchmal sich selbst verstand.

****

Hand in Hand gingen Davis und Stella durch den stillen Park. Der Schnee knirschte unter ihren Füßen, und ihre Schatten wurden länger, bis die Dunkelheit sie ganz verschluckte.

16

Interlude: Schneeengel

Die Welt war in strahlendes Weiß getaucht. Sonnenlicht fiel durch die hohen Fenster eines eleganten Ankleidezimmers, wo Stella in einem prachtvollen weißen Kleid vor einem antiken Spiegel stand. Drei Frauen um sie herum schwirrten, zupften am Stoff, richteten ihren Schleier und machten scherzhaft Bemerkungen, die Stella mit einem spitzbübischen Lächeln quittierte.

„Ich sehe doch schon perfekt aus", sagte sie neckisch, während sie sich absichtlich eine Strähne ins Gesicht zog. „Aber meinetwegen – richtet weiter an meiner Perfektion herum."

Die Frauen lachten, doch Stella tanzte beinahe aus ihrer Reichweite und ließ die weißen Stoffbahnen ihres Kleides wie Wellen um sie herumwirbeln.

Währenddessen wartete Davis in einem separaten Raum. Der Kontrast zu Stella hätte nicht größer sein können: Er saß steif auf einem alten Holzstuhl, sein perfekt sitzender Anzug fühlte sich plötzlich viel zu eng an. Seine Hände umklammerten eine kleine Schachtel, die die Ringe enthielt, während er nervös seinen Blick zwischen der Uhr und dem Boden hin und her wandern ließ.

„Entspann dich, Davis", sagte Johnny von der Couch aus, wo er mit Peter und Jimmy Platz genommen hatte. „Du siehst aus, als wärst du zu deiner eigenen Hinrichtung geladen."

Peter lachte leise. „Ich glaub, er überlegt wirklich noch, ob er das durchziehen soll."

Jimmy verschluckte sich fast an seinem Getränk. „Das wär's! Und ich hab' echt auf einen ruhigen Ablauf gewettet. Wie dumm von mir."

Davis seufzte tief, schüttelte leicht den Kopf und stand auf. „Ich bin bereit", sagte er mehr zu sich selbst als zu den anderen, während er seinen Blick entschlossen in den Spiegel richtete.

Die Kapelle war wie aus einem Traum: weiße Stoffbahnen, geschmückt mit zarten Blumen, zogen sich die Bänke entlang, und das warme Licht unzähliger Kerzen reflektierte sich im polierten

Holzboden. Die Gäste flüsterten leise, während die Orgelklänge die Luft erfüllten. Davis stand am Altar, die Hände hinter seinem Rücken verschränkt, und blickte wie gebannt auf die Türen, die sich langsam öffneten.

Stella erschien. Sie strahlte, ein Bild von Anmut und Leichtigkeit, während sie von einer älteren Frau begleitet den Gang entlangschritt. Die Gäste standen auf, alle Augen waren auf sie gerichtet. Doch während sie näherkam, überkam Davis ein seltsames Gefühl. Etwas an ihren Bewegungen, an der Art, wie sie ihn ansah, schien... anders.

Ihre Züge schienen sich zu verändern, fast unmerklich. Ihre Augen wirkten plötzlich dunkler, ihr Lächeln zurückhaltender, vertraut und doch fremd zugleich. Ein Frösteln lief über Davis' Rücken, und er schüttelte unwillkürlich den Kopf, um die Gedanken zu vertreiben. Aber als er wieder aufsah, stand Livia vor ihm.

Die Luft in der Kapelle schien kälter zu werden, und Davis fühlte, wie sich alles um ihn herum verlangsamte. Die Gäste verschwammen zu schemenhaften Silhouetten, das Licht flackerte kurz. Livia sah ihn direkt an, ihre Augen tief und bittersüß.

„Warum kannst du dich nicht entscheiden?"
fragte sie, ihre Stimme kaum mehr als ein Flüstern,
das die Stille durchbrach.

Der Priester räusperte sich. „Sie dürfen die
Braut küssen."

Davis schloss für einen Moment die Augen, in
der Hoffnung, die Verwirrung loszuwerden. Er
neigte sich langsam vor, seine Lippen näherten sich
Livia – oder war es Stella? Die Welt um ihn herum
schien zu verblassen, alles konzentrierte sich auf
diesen einen Moment. Doch bevor er den Kuss spüren konnte, begann die Kapelle zu beben. Ein lauter, donnernder Knall hallte durch den Raum, und
die Decke über ihnen brach ein.

Regen stürzte in schweren Strömen hinein und
durchnässte Davis sofort bis auf die Haut. Die
Gäste verschwanden in der Dunkelheit, und die
Lichter erloschen. Davis stand starr da, der Regen
auf seinem Gesicht fühlte sich plötzlich kalt und
schneidend an. Er blinzelte.

Davis riss die Augen auf. Die Traumwelt brach
wie ein zerbrechlicher Spiegel, und vor ihm stand
Stella, mit einem leeren Glas in der Hand und einem breiten Grinsen auf den Lippen.

„Was zum Teufel...?" Davis wischte sich das Gesicht ab, immer noch halb benommen.

„Du wolltest einfach nicht aufwachen", erklärte Stella und zuckte mit den Schultern. „Also musste ich etwas kreativer werden. Komm schon, wir haben noch einen ganzen Tag vor uns."

Sie stellte das Glas ab und ließ sich neben ihm aufs Bett fallen. „Wir könnten in die Stadt fahren, ein paar neue Platten durchstöbern oder irgendwo frühstücken. Es ist ein wunderschöner Tag, und du brauchst ein bisschen frische Luft."

Davis rieb sich die Augen und setzte sich langsam auf. „Frische Luft klingt gut... aber du hast noch mehr auf dem Plan, oder?"

Stella nickte, ihr Gesichtsausdruck wurde etwas ernster. „Vergiss nicht deinen Termin bei Dr. Weber heute Nachmittag. Und bevor du auf die Idee kommst, ihn zu verschieben – nein, das lasse ich nicht zu. Du weißt, dass es wichtig ist."

Davis seufzte tief und nickte schließlich. „Schon gut, ich geh hin."

„Gut so." Stella sprang auf und griff nach seiner Hand, um ihn aus dem Bett zu ziehen. „Jetzt komm, Rockstar. Der Tag wartet nicht."

Davis setzte sich auf, schüttelte den Kopf und murmelte leise: „Livia...?" Doch Stella hatte den Raum bereits verlassen. Der Traum war verblasst, aber die Verwirrung in Davis blieb bestehen.

****

Davis saß auf einem der abgenutzten Stühle im Wartezimmer. Die stickige Luft war erfüllt von einem schwachen Duft nach Desinfektionsmittel. Sein Fuß klopfte nervös auf den Boden, während er auf die Zeitschriften starrte, die er ohnehin nicht lesen würde. Es war, als würde dieser Raum seine Gedanken verstärken, als könne er sich nirgendwo vor ihnen verstecken.

„Mr. Whitefield, bitte", rief die Assistentin. Davis stand auf, nahm seine Jacke und trat ein.

Dr. Weber begrüßte ihn mit seinem üblichen warmen, aber professionellen Lächeln. „Davis, gut, dass Sie da sind", sagte er und deutete auf den Sessel. Davis setzte sich, seine Hände auf den Knien gefaltet.

„Wie war Ihre Woche?" fragte der Therapeut. „Haben Sie an den Übungen gearbeitet?"

„Mehr oder weniger", murmelte Davis. „Es ist schwer, klar zu denken, wenn man sich fühlt, als hätte man sich selbst verloren."

Dr. Weber lehnte sich zurück, seine Finger locker gefaltet. „Was beschäftigt Sie am meisten?"

Davis schwieg einen Moment. Dann begann er langsam zu sprechen. „Es geht um Stella. Und um... Livia."

Dr. Weber nickte. Er ließ die Stille wirken, bis Davis weitersprach. „Ich dachte, dass ich mit Stella alles hätte, was ich brauche. Aber jetzt... ich weiß nicht. Seit Livia wieder in meinem Leben ist, denke ich immer wieder an sie. Und ich hasse mich dafür."

„Warum hassen Sie sich dafür?" fragte Dr. Weber ruhig.

„Weil Stella alles für mich aufgegeben hat. Weil sie mich liebt, trotz allem. Und ich… Ich weiß nicht, ob ich das verdiene. Und dann ist da Livia, und ich frage mich, ob das, was ich bei ihr fühle, nur ein Traum ist. Etwas, das nie wirklich existieren konnte."

„Und Stella?"

Er schloss die Augen, sein Atem zitterte. „Ich liebe sie auch. Aber es fühlt sich... anders an."

Dr. Weber sah ihn an, mit einer Geduld, die Davis zugleich beruhigte und provozierte. „Lassen Sie uns einen Schritt zurückgehen, Davis. Ich möchte verstehen, warum der Schnee für Sie eine solche Bedeutung hat. Können wir über Ihre Kindheit sprechen?"

Davis hob langsam den Blick. Sein Gesicht zeigte Verwirrung, aber auch die Bereitschaft, sich zu öffnen. „Der Schnee... hat mich immer beruhigt. Wenn er fiel, schien die Welt stillzustehen. Es war die einzige Zeit, in der ich mich nicht verloren fühlte."

Dr. Weber nickte. „Warum fühlen Sie sich im Schnee sicherer als anderswo? Hat das mit Ihrer Kindheit zu tun?"

Davis blickte zur Seite, als ob er einen Punkt in der Ferne fixierte. „Vielleicht. Zuhause war es... anders. Mein Vater war nicht... da. Ich meine, körperlich schon, aber nicht wirklich."

„Erzählen Sie mir von Ihrem Vater", forderte Dr. Weber ihn sanft auf.

Ein bitteres Lächeln huschte über Davis' Gesicht. „Er war ein stiller Mann. Saß immer am Kamin, mit einem Schachbrett vor sich, aber er spielte nie gegen mich. Er spielte gegen... sich selbst."

„Haben Sie das damals hinterfragt?"

„Nein. Ich dachte, es wäre normal", sagte Davis leise. „Aber er war nie wirklich bei mir. Ich wollte ihm einmal meine Gitarre zeigen, ihm vorspielen. Aber er nickte nur, schaute nicht mal hoch. Danach habe ich es nie wieder versucht."

Dr. Weber ließ die Stille wirken, bevor er nachfragte. „Was haben Sie getan, wenn Sie diese Wärme nicht fanden?"

Davis lehnte sich zurück, schloss die Augen und sprach mit einer Stimme, die fast ein Flüstern war. „Ich ging nach draußen. In den Schnee. Dort fühlte ich mich... lebendig. Ich legte mich hin, machte Schneeengel und schaute zu den Sternen. Es war kalt, aber ich fühlte mich wärmer als drinnen."

„Warum fühlten Sie sich draußen wärmer?" fragte Dr. Weber.

„Weil es draußen ehrlich war", antwortete Davis nach kurzem Überlegen. „Drinnen war es nur körperlich warm, aber die Kälte... die war in uns."

„Was denken Sie jetzt über Ihren Vater und sein Verhalten?"

Davis zuckte mit den Schultern. „Vielleicht war er auch verloren. Vielleicht hat er gegen jemanden gespielt, den nur er sehen konnte. Ich weiß es nicht."

Dr. Weber nickte langsam. „Es könnte sein, dass er mit seinen eigenen Dämonen gerungen hat, so wie Sie es tun."

Davis schluckte, seine Hände umklammerten die Armlehnen des Sessels. „Ja", sagte er schließlich, fast flüsternd. „Ich glaube, das tue ich."

Dr. Weber machte sich Notizen. „Das ist ein schwerer Konflikt, Davis. Und es ist verständlich, dass Sie sich zerrissen fühlen. Die Frage ist: Wollen Sie diesen Konflikt lösen, oder ist es der Zweifel, der Sie daran hindert?"

Davis blieb stumm. Die Antwort lag ihm auf der Zunge, aber er hatte Angst, sie auszusprechen.

****

Als Davis die Praxis verließ, hingen Dr. Webers Worte schwer in der Luft um ihn. Der Schnee, der vor wenigen Tagen geschmolzen war, hatte in der Nacht wieder begonnen, die Straßen zu bedecken. Die Flocken tanzten durch die Luft, und Davis sah hinauf, ließ sie auf seiner Haut schmelzen.

In den nächsten Tagen versuchte er, seine Gedanken zu verdrängen, sich auf Stella und seine Musik zu konzentrieren. Doch es war, als hätte jemand einen Samen in ihm gepflanzt, der nun Wurzeln schlug. Immer wieder sah er Stella an, beobachtete, wie sie Tee machte, wie sie las. Und immer wieder fragte er sich, ob seine Liebe zu ihr echt war – oder nur der verzweifelte Versuch, sich selbst zu beweisen, dass er zu einer Liebe fähig war, die nicht von seiner Unvollkommenheit zersetzt wurde.

Gleichzeitig tauchte Livia in seinen Gedanken auf. Ihre Stimme, ihre Energie, die Art, wie sie ihn ansah, als könnte sie die Mauer durchdringen, die er um sich errichtet hatte. Er fühlte sich, als stünde er an einem Scheideweg, ohne die Kraft, einen Schritt zu tun.

Eines Abends, als Stella neben ihm auf der Couch einschlief, schloss Davis die Augen und ließ seinen Kopf zurücksinken. Er wusste, dass er eine Entscheidung treffen musste. Aber wie sollte er sich zwischen zwei Leben entscheiden, wenn er keines davon wirklich verstand?

****

Davis' Finger zupften an den Saiten seiner Gitarre, doch die Melodie klang brüchig. Draußen begann der Schnee zu schmelzen, als ob der Winter selbst seine Fragen nicht beantworten konnte.

17

Roses Are White

Roses are white, baby
Snow will melt
Violets are fragile
Can you feel what I felt?

Zwei Winter zuvor.

Die Bar war ein Chaos aus Geräuschen – Gelächter, klirrende Gläser, das Summen der Jukebox, die ein altmodisches Rockstück spielte. Davis saß mit Jimmy und Peter an einem klebrigen Holztisch, vor ihnen eine Ansammlung leerer Gläser und eine halbleere Whiskyflasche. Jimmy lehnte sich vor und gestikulierte, als ob er gerade eine große Geschichte erzählte.

„Das war der beste Moment überhaupt", begann er, während Peter bereits den Kopf schüttelte. „Davis in Brighton, mitten in der Show, stolpert über sein eigenes Kabel, fliegt wie ein fliegender Teppich auf die Nase und tut so, als wäre es der beste Slide-Move der Geschichte!"

„Das Publikum dachte wahrscheinlich, das gehört zur Show", warf Peter ein. „Ich dachte, er wollte die Bühne für eine Komödie testen."

Davis hob eine Hand und grinste, während er an seinem Glas nippte. „Ich nenne das improvisierte Bühnenkunst. Und ja, ich habe es gemeistert."

„Sicher, Kunst. Kunst im Fallen", feixte Jimmy. „Du bist ein verdammter Chaos-Künstler."

Das Gelächter ebbte ab, aber Davis' Gedanken begannen bereits abzudriften. Die Geräusche der Bar verblassten, die Lichter wurden grell. Die Uhr über dem Tresen zeigte halb vier, und seine Bandkollegen erhoben sich langsam.

„Ich bin raus", sagte Jimmy. „Viel Spaß dabei, deinen Weg nach Hause zu finden, Mr. Künstler."

Peter klopfte ihm auf die Schulter. „Und versuch, diesmal nicht über ein Kabel zu stolpern."

Die beiden lachten, während sie verschwanden. Davis blieb zurück. Er griff nach seinem Handy, starrte einen Moment auf das Display und wählte dann eine Nummer. Es dauerte ein paar Sekunden, bis sich die vertraute Stimme am anderen Ende meldete.

„Davis?" Livias Stimme klang schläfrig. „Weißt du, wie spät es ist? Was willst du?"

„Ich bin gestrandet", murmelte er, wobei er den leichten Schwung in seiner Stimme nicht ganz verstecken konnte. „Und naja, ich wollte deine Nacht etwas aufregender machen. Kannst du mich abholen?"

Es folgte ein Seufzen. „Wo bist du?"

„In dieser Bar, die du so hasst. Die mit den klebrigen Tischen."

„Du bist unmöglich", sagte sie, aber ein Hauch von Wärme schwang mit. „Ich bin in zehn Minuten da."

Draußen fiel der Schnee leise, als Livia mit ihrem kleinen Wagen vorfuhr. Davis stand unter dem Vordach der Bar, die Hände tief in den Taschen seiner Jacke vergraben, ein schiefes Lächeln auf dem Gesicht. Er winkte ihr, bevor er die Tür öffnete und sich auf den Beifahrersitz fallen ließ.

„Du hast echt eine Vorliebe dafür, mir meinen Schlaf zu rauben", sagte sie, während sie den Wagen zurück auf die Straße lenkte.

„Ich wollte dir nur die Gelegenheit geben, eine Heldin zu sein", antwortete er mit einem Lächeln, das sie kaum sehen, aber spüren konnte.

„Du bist nicht zu retten", murmelte sie. „Aber immerhin bist du charmant."

Die Straßen waren still, die Lichter der Laternen spiegelten sich in den nassen Fahrbahnen. Davis blickte aus dem Fenster, als ob er die Welt draußen in sich aufnehmen wollte. Nach einer Weile brach er die Stille.

„Danke, dass du gekommen bist", sagte er leise.

„Du weißt, dass ich das nicht ewig machen kann, oder?"

Er wandte ihr den Kopf zu, sein Blick sanft. „Ich weiß. Aber trotzdem, danke."

Als sie vor seiner Wohnung hielten, stieg er aus, zögerte jedoch, bevor er die Tür schloss. „Du bist großartig, weißt du das?"

„Geh schlafen, Davis", sagte sie. „Und ruf mich morgen an, wenn du wieder klar denken kannst."

****

Am nächsten Abend stand Davis vor ihrer Tür, eine dampfende Tüte mit asiatischem Essen in der einen Hand und eine kleine Vase mit weißen Rosen in der anderen. Livia öffnete die Tür und musterte ihn einen Moment, bevor sie schmunzelte.

„Das ist dein Versuch, dich zu revanchieren? Essen und ein paar Blumen?" Sie trat zur Seite, um ihn hereinzulassen.

„Hey, ich dachte, ich bringe dir zwei Dinge, die du nie vergessen wirst: Essen und Schönheit."

Sie ließ sich von ihm aufs Sofa führen, wo sie gemeinsam die Mahlzeit teilten. Während sie aßen, begann Davis, von neuen Songs zu erzählen. Seine Augen leuchteten, und seine Worte überschlugen sich, als er Melodien und Texte beschrieb, die ihm durch den Kopf schwirrten.

„Es ist, als würden die Songs mich rufen", sagte er schließlich. „Sie sind da, sie müssen nur raus."

Livia legte ihre Stäbchen beiseite und sah ihn an. „Und ich frage mich, ob jemals etwas anderes so laut rufen kann."

Er hielt inne, suchte ihren Blick und schien über ihre Worte nachzudenken. „Du bist ein Teil davon", sagte er schließlich. „Ohne dich gäbe es viele dieser Songs nicht."

Sie lächelte, doch etwas in ihrem Gesicht blieb unausgesprochen. Als sie mit dem Essen fertig waren, erhob sich Davis.

„Ich sollte gehen. Der Song lässt mir keine Ruhe."

„Geh", sagte sie leise. „Aber vergiss nicht, woher du kommst."

Nachdem Davis gegangen war, blieb Livia allein in der Stille. Sie räumte die Teller weg, bevor sie sich an den Küchentisch setzte. Ihr Blick fiel auf ein Notizbuch, das neben ihrem Laptop lag. Sie öffnete es und ließ ihre Finger über die Seiten gleiten, bis sie an einem Eintrag hängen blieben:

„Ich liebe ihn. Aber kann ich so weitermachen, wenn er immer woanders ist?"

****

Livias Augen fokussierten eine der weißen Rosen, deren Blütenblätter im schwachen Licht glänzten. Dann riss sie eine Seite aus ihrem Notizblock und zerknitterte sie. Draußen fiel leise der Schnee.

18

Please Me!

…and it's the way that you talk
The way that you walk
Yeah, it's the way you please me

Eines Nachts saß Davis allein in seinem kleinen Musikstudio, das in einer Ecke der Wohnung eingerichtet war. Die Gitarre lag auf seinem Schoß, die Noten, die er spielte, klangen ungewohnt. Sie waren intensiv, fast zu emotional, als ob sie aus einer anderen Tiefe seiner Seele stammten. Er schlug die Saiten an, aber die Melodie war nicht das, was er ausdrücken wollte. Es fühlte sich unvollständig an, als ob ihm etwas Wesentliches fehlte.

Er hielt inne, starrte auf die Saiten, und seine Gedanken wanderten. Sein Herz fühlte sich schwer an, gefangen zwischen dem Wunsch nach Ausdruck und der Unfähigkeit, die richtigen Worte zu finden. Er ließ die Gitarre sinken und rieb sich die Augen, die von der Anstrengung schmerzten.

„Davis?" Stella stand in der Tür, ihre Silhouette wurde von dem schwachen Licht des Flurs beleuchtet. „Ist alles in Ordnung?"

Er hob den Kopf und sah sie an. Ihr Haar fiel lose über ihre Schultern, und ihre Augen musterten ihn besorgt. Er nickte, aber es war keine Überzeugung in seiner Bewegung. „Ja, ich... ich denke schon."

„Das klingt nicht so", sagte sie und trat näher. Sie setzte sich auf die Kante des kleinen Sofas im Studio, ihre Augen suchten seinen Blick. „Willst du darüber reden?"

Davis legte die Gitarre beiseite, sein Blick wanderte zur Wand. „Es ist nur... manchmal fühle ich mich, als würde ich dich verlieren, selbst wenn du direkt vor mir stehst." Seine Stimme klang brüchig, und das Geständnis ließ die Luft im Raum schwerer werden.

Stella sah ihn an, ihre Augen füllten sich mit einer Mischung aus Traurigkeit und Verständnis. Sie wusste, dass diese Ängste in ihm waren, dass sie nie wirklich verschwunden waren. „Ich bin hier, Davis", sagte sie leise und griff nach seiner Hand. „Ich bin genau hier."

Aber Davis konnte es nicht abschütteln. Es war etwas anderes, etwas, das nicht ausgesprochen werden konnte. Er fühlte, dass es tiefer ging, dass es eine Unsicherheit in ihm gab, die er selbst nicht richtig verstand.

****

Die Tage vergingen, und Davis verbrachte immer mehr Zeit in seinem Studio, arbeitete an Songs, die sich schwer und intensiv anfühlten. Es war, als ob jede Note ein Versuch war, etwas zu begreifen, das ihm durch die Finger glitt.

Eines Nachmittags, während Stella in der Küche stand und Kaffee machte, hörte Davis eine Melodie in seinem Kopf. Es war eine Melodie, die ihm seltsam bekannt vorkam, doch er konnte sie nicht genau zuordnen. Er griff nach seiner Gitarre und begann zu spielen, seine Finger glitten über die Saiten, und die Töne füllten den Raum.

Stella kam herein, lehnte sich an den Türrahmen und hörte ihm eine Weile zu. Ihre Augen waren sanft, aber auch wachsam, als ob sie ahnte, dass etwas in ihm vorging, das er nicht ganz preisgab.

„Das ist schön", sagte sie leise, als die letzten Noten verklangen.

Davis hielt inne, schaute sie an, die Melodie schien in der Luft zu schweben. „Es ist... es fühlt sich an, als ob ich das Lied schon kenne. Aber ich weiß nicht, woher." Es war ein merkwürdiges Gefühl, als ob die Musik nicht von ihm kam, sondern durch ihn hindurchfloss, als ob sie von woanders stammte.

„Vielleicht war es schon immer in dir", sagte Stella, und ihre Worte klangen so, als ob sie eine tiefere Bedeutung hatten, die er noch nicht verstehen konnte.

Davis legte die Gitarre beiseite und sah sie an, ihre Augen schienen ihn zu durchleuchten. „Stella, was bist du wirklich?" fragte er, seine Stimme kaum mehr als ein Flüstern.

Sie hielt seinen Blick, und zum ersten Mal wirkte sie nicht überrascht. „Was meinst du?" Ihre Stimme war ruhig, fast zu ruhig, als ob sie sich auf etwas vorbereitet hatte, das unausweichlich war.

„Du bist... anders", sagte er. „Ich weiß nicht, wie ich es erklären soll, aber manchmal habe ich das Gefühl, dass du mehr bist als... als nur du." Es fiel ihm schwer, die Worte zu finden. Es war ein Gefühl, das ihn überkam, wenn er in ihren Augen etwas sah, das er nicht erklären konnte – eine Tiefe, eine Erkenntnis, die er selbst noch nicht besaß.

Stella trat näher, ihre Augen wurden weicher. „Davis, du hast es die ganze Zeit gewusst", sagte sie schließlich, ihre Stimme sanft, aber bestimmt. „Ich bin ein Teil von dir."

Er starrte sie an, seine Gedanken rasten. „Was meinst du?" fragte er, obwohl er spürte, dass er die Antwort bereits kannte. Es war etwas, das in all den ungesagten Momenten zwischen ihnen geschlummert hatte.

„Ich bin deine Muse, deine Inspiration", sagte sie, ihre Stimme zärtlich, aber unverkennbar ehrlich. „Ich war nie wirklich weg, Davis. Du hast mich erschaffen."

Davis versuchte, ihre Worte zu verarbeiten. In seinem Kopf blitzten Flashbacks von Momenten auf, die jetzt in einem anderen Licht erschienen – ihre ersten Begegnungen, ihre Streitereien, ihre Wiedervereinigung. Es wurde klar, dass Stella in Wirklichkeit die Verkörperung von Davis' tiefster Sehnsucht, seiner tiefsten Liebe zur Musik war. Jede ihrer Bewegungen, jedes ihrer Worte hatte ihn inspiriert und ihn tiefer in das hineingeführt, was er ausdrücken wollte, aber nie benennen konnte.

****

„Aber... du fühlst dich so real an", flüsterte Davis, seine Stimme brüchig. Er wollte es nicht glauben.

All die Erinnerungen, die sie geteilt hatten – konnten sie wirklich nur ein Teil seines Geistes sein?

„Weil ich real bin, Davis", sagte Stella und trat näher. Sie legte eine Hand auf seine Wange, und ihre Berührung war warm, so real wie alles, was er jemals gefühlt hatte. „Ich bin real, weil du an mich geglaubt hast. Weil du mich gebraucht hast, um das auszudrücken, was du in dir trägst. Aber jetzt bist du bereit, alleine weiterzugehen."

Davis' Augen füllten sich mit Tränen, seine Kehle war trocken, und er fühlte, wie sein Herz schwer in seiner Brust schlug. „Ich will dich nicht verlieren", sagte er, die Worte brachen unter der Last seiner Emotionen beinahe zusammen.

„Du wirst mich nie verlieren", sagte Stella, ihre Augen glänzten ebenso. „Ich bin in jeder Note, die du spielst, in jedem Lied, das du schreibst. Ich bin ein Teil von dir, und ich werde immer da sein, wo du mich brauchst."

Langsam begann Stella zu verblassen, ihre Konturen wurden durchscheinend, als ob sie sich in Luft auflöste. Davis griff nach ihr, doch seine Hand glitt durch sie hindurch. „Stella!" rief er, doch sie lächelte nur.

„Danke, Davis", sagte sie, bevor sie verschwand. „Danke, dass du mich zum Leben erweckt hast."

Die Welt um ihn herum schien für einen Moment stillzustehen, als ob sie ihre Balance verloren hätte.

****

Die Leere in der Luft war greifbar und Davis saß allein in seinem Studio, das von einem chaotischen Aufbau aus Synthesizern, Drum-Maschinen und Effektgeräten erfüllt war. Kabel wanden sich wie Schlangen über den Boden, blinkende LEDs warfen bunte Lichtreflexe auf die Wände, und der Raum pulsierte mit einer seltsamen, unaufhörlichen Energie. Seine Finger glitten über die Regler, drehten an den Knöpfen, und ein tiefer Bass durchbrach die Stille, begleitet von zischenden Hi-Hats und einem düsteren, elektrischen Gitarrenriff. Die Melodie, die aus der Maschine hervorkam, war wie ein Flüstern, das aus einer anderen Dimension zu ihm sprach.

Er nahm die Gitarre und spielte dazu, während seine andere Hand weiter an den Synthesizern arbeitete. Der Klang wurde chaotischer, wilder – als ob die Instrumente selbst lebendig wurden und die

Kontrolle übernahmen. Die Drums, die aus der Drum-Maschine hallten, waren nicht mehr bloß rhythmisch, sondern schienen den Herzschlag eines Ungeheuers zu imitieren.

Davis verlor sich in diesem Klangteppich, und seine Sinne verschwammen. Es war, als ob der Raum sich dehnte, als ob die Realität selbst zu einer Schallwelle wurde. Die Wände schienen zu pulsieren, der Boden vibrierte unter seinen Füßen, und die Luft war elektrisch geladen.

Inmitten dieses deliriumartigen Zustands sah er Stella. Sie stand plötzlich im Türrahmen, doch sie war nicht mehr einfach Stella. Ihre Bewegungen waren wie eine Melodie, die gerade erst geboren wurde – schwebend, schwerelos und hypnotisch. Ihre Augen leuchteten wie Neonlichter, und ihr Körper schien mit den Klängen zu verschmelzen, die den Raum erfüllten. Sie begann zu tanzen.

Es war kein Tanz, den Davis je zuvor gesehen hatte. Es war kein menschlicher Tanz. Jeder Schritt schien eine neue Melodie hervorzurufen, jeder Schwung ihres Arms erzeugte ein Crescendo aus Synthesizer-Sounds und verzerrten Gitarrenriffs. Ihre Bewegungen waren die Musik, und die Musik war sie. Davis begann zu singen:

I'm the master, you're my slave

Let us roll, let us play

Come on baby, bring your friends

Everybody's gonna dance

Got the Korg and I got the Roland

We be rocking, we be rolling

Everybody rocks to it

Come on and rock to it

Everybody loves music

Come on and **** to it

Die Maschine stampfte einen hektischen, unerbitt-
lichen Beat, der wie das Echo eines stürzenden
Herzschlags klang. Die Synthesizer kreierten disso-
nante, schrille Wellen, die sich in den Raum ergos-
sen wie ein unaufhaltsamer Fluss. Davis' Gitarre
fügte sich ein, ihre verzerrten Klänge zerschnitten
die Luft wie ein Schrei.

****

Stella drehte sich schneller, ihr Körper war ein Wir-
bel aus Licht und Schatten, und ihre Haare, die sich
um sie legten, schienen wie Saiten einer Harfe zu
vibrieren. Sie wurde eins mit der Musik, und Davis
konnte nicht sagen, ob er die Instrumente spielte
oder ob Stella ihn dirigierte.

Davis' Blick war starr auf sie gerichtet, seine Finger bewegten sich wie ferngesteuert über die Saiten der Gitarre und die Tasten der Synthesizer. „Stella", flüsterte er, doch seine Stimme war kaum mehr als ein Teil des Klangs, der sie umgab.

Sie antwortete nicht. Sie war kein weibliches Wesen, keine Geliebte – sie war die Musik selbst, in ihrer reinsten und rohesten Form. Ihre Augen funkelten wie Sterne, und in ihrem Lächeln lag eine Art Geheimnis, das Davis zugleich anzog und erschreckte.

„Ich bin hier", sagte sie schließlich, ihre Stimme war nicht mehr menschlich. Sie klang wie ein Chor, ein mehrstimmiger Gesang, der aus den Tiefen der Synthesizer zu kommen schien. „Ich war immer hier."

Davis schloss die Augen, und die Musik wuchs weiter, wurde lauter, intensiver, bis sie alles ausfüllte – den Raum, seinen Kopf, sein Herz. Er spürte, wie die Klänge ihn durchdrangen, wie sie ihn in ihre Welt zogen, eine Welt, die gleichzeitig wunderschön und beängstigend war.

Davis' Hände zitterten, doch die Worte flossen aus ihm heraus, genauso wie die Melodie, die immer noch in seinem Kopf dröhnte. Sie war bittersüß, voller Verlust und gleichzeitig voller Hoffnung.

And it's the way that you talk

The way that you walk

And it's the way you please me

And it's the way that you talk

The way that you walk

And it's the way you kiss me

…

And it's the way that you pop

The way that you hop

Yeah it's the way you rock me

It's the way that you touch

The way that you huh!

It's the way you **** me

Er ließ die Musik durch sich fließen, jede Note war ein Bekenntnis zu dem, was er erlebt hatte, zu dem, was er verstanden hatte. Die Melodie schien sich von selbst zu entfalten, als ob Stella immer noch bei ihm wäre, als ob sie ihn weiterhin führte.

****

Als Davis die Augen öffnete, war der Raum still. Die Synthesizer waren ausgeschaltet, die Gitarre lag achtlos auf dem Boden, und das einzige

Geräusch war sein eigener Atem, der schwer und rau in der Luft hing.

Stella war nicht mehr im Raum. Oder vielleicht war sie nie dort gewesen.

Er blickte sich um, die Dunkelheit wirkte dichter als zuvor. Doch in ihm war etwas anders. Die Musik, die er gespielt hatte, die Vision, die er gesehen hatte – es war, als hätte sie etwas in ihm freigesetzt.

****

Davis saß allein in seinem Studio, umgeben von Instrumenten und unvollendeten Melodien. Mit einem leichten Lächeln griff er zum Stift, das leere Blatt Papier vor sich, und begann zu schreiben – seine Geschichte, seine Musik, sein Leben im Schnee.

19

Standing in the Rain

She didn't listen
When I told her that it's over
It was like, she was dreaming
Playing games with me, screaming

Der Regen prasselte unablässig auf die Straßen, als Davis die Praxis von Dr. Weber verließ. Die Worte des Therapeuten hallten noch in seinem Kopf nach, wie eine Melodie, die er nicht vollständig fassen konnte. Es war eine neue Erkenntnis, die er schwer in Worte fassen konnte – eine Wahrheit über sich selbst, die er noch nicht ganz akzeptieren konnte. Der Regen schien ihn zu begleiten, als er durch die Straßen schlenderte, den Kopf geneigt, das Handy in der Hand.

Er entsperrte den Bildschirm und scrollte durch alte Nachrichten, unbewusst suchend. Dann hielt er inne. Ein alter Entwurf, adressiert an Livia, blinkte ihm entgegen. Er erinnerte sich, wie er diese Nachricht Wochen zuvor geschrieben hatte, in einer Nacht voller Zweifel und Einsamkeit. Er hatte sie nie abgeschickt.

„Ich habe dir so viel zu sagen, aber ich weiß nicht, wo ich anfangen soll", begann der Entwurf. Er las die Worte immer wieder, dann fügte er hinzu:

„I'm just a blue dot, baby."

Mit einem plötzlichen Entschluss drückte er auf „Senden". Es fühlte sich gleichzeitig befreiend und beängstigend an. Doch er wusste, dass er nicht auf eine Antwort hoffen konnte – nicht sofort. Vielleicht auch nie.

****

Die Wochen vergingen, und Livia antwortete nicht. Davis tauchte tiefer in seine Musik ein, fast wie ein Rückfall in alte Muster. Die Stunden vergingen in seinem kleinen Studio, während er Melodien entwarf und verwarf, die Saiten seiner Gitarre zupfte und Synthesizer-Rhythmen durch den Raum jagte. Doch etwas war anders – die Fragmente von Stella, die ihm erschienen, hatten nicht mehr die gleiche Macht über ihn.

Es gab Nächte, in denen er ihre Stimme zu hören glaubte. Weiche Töne, kaum mehr als ein Flüstern, die seinen Namen riefen. Früher hätte er geantwortet, wäre den Erinnerungen gefolgt, hätte sie in seiner Vorstellung zurückgeholt. Doch jetzt, in diesen Momenten, ließ er die Gedanken an Stella wie Regentropfen von sich abperlen. Sie gehörten zu ihm, aber sie definierten ihn nicht mehr.

Eines Nachts, als der Regen gegen die Fenster schlug und die Dunkelheit dicht und undurchdringlich wirkte, nahm Davis seine Gitarre zur Hand. Ein paar Akkorde klangen zaghaft durch den Raum, dann ein Textfragment:

She didn't know where to go
Or where she came from
I said now baby, don't you play no games
Don't play, no.

Dann auf einmal stand sie da, in der Ecke seines Studios, mit dem vertrauten Lächeln, das gleichzeitig Wärme und Herausforderung bedeutete. „Davis", flüsterte sie. „Du weißt, dass ich immer bei dir bin."

Doch dieses Mal spürte Davis etwas Neues. Eine Ruhe. Eine Distanz. Die Gestalt verblasste langsam, und der Raum wurde still. Davis hielt einen Moment inne, dann spielte er weiter.

Die Melodie nahm Gestalt an. Es war roh, ungeschliffen, aber echt. Davis nannte den Song

Standing in the Rain. Es war nicht nur ein Lied – es war ein weiterer Schritt in seiner Heilung, ein Zeichen, dass er lernte, mit sich selbst und seinen inneren Dämonen umzugehen.

Where did I fail, baby, was it even my fault?
This is by far one of the saddest stories I've told
I should have left but then I saw her face
And she was just looking so sad
And I was just about to lose it
She didn't listen when I told her that it's over
It was like, she was dreaming
Playing games with me, screaming
I was just about to leave but realized
That I just couldn't
When I heard her scream
It felt like heaven to me
And she was standing in the rain

****

Davis fand neue Energie und eine neue Richtung. Gemeinsam mit Johnny gründete er eine neue Band – The Melting Flakes. Sie waren jung, ungestüm und voller Ideen. Die Proben wurden intensiver, die Nächte länger. Der Enthusiasmus der anderen Mitglieder riss Davis mit.

Schnell kamen die ersten Erfolge: kleinere Auftritte in Bars, positive Kritiken von lokalen Musikmagazinen, und schließlich die Vorbereitung auf ein großes Konzert, das ihre Karriere verändern könnte.

Für Davis war es mehr als nur Musik – es war ein Zeichen, dass er nach vorne blicken konnte, dass er die Kontrolle über sein Leben zurückgewann.

Eines Morgens, nach einer langen Nacht im Studio, verließ Davis müde das Gebäude. Die Dunkelheit wich langsam der Dämmerung, und die Straßen waren noch feucht vom nächtlichen Regen. Er nahm den Bus, wie so oft in letzter Zeit, um nach Hause zu fahren. Der Rucksack auf dem Rücken, das Handy in der Hand, seine Gedanken bei der bevorstehenden Show.

Als Davis an seiner Haltestelle ausstieg, überkam ihn das Gefühl, irgendetwas zu missen, doch er konnte es nicht benennen. Er grübelte einen Moment nach, dann fasste er sich an die Taschen, um sich zu vergewissern, dass er seine Schlüssel bei sich trug. Im selben Moment erblickte er ein blondes Mädchen mit einem roten Mantel, das langsam durch den Regen lief, ihr helles Haar klebte an ihrem Gesicht. Sie trat in eine Pfütze, hielt inne und betrachtete ihr Spiegelbild im Wasser. Ihr Lachen wie ein Echo in der stillen Stadt von Flakeville. Doch bevor er den Mut fand, näherzutreten, drehte sich das Mädchen um und verschwand in der Ferne, als hätte sie nie existiert.

Hinter ihm schloss der Bus seine Türen und verschwand in den dichten Morgenverkehr. Drinnen, auf dem Sitz, blinkte eine neue Nachricht auf. Die Nachricht war kurz, aber bedeutsam:

„You're not just a blue dot, Davis. You're so much more."

Davis würde diese Worte nie lesen.

****

Die ersten Sonnenstrahlen durchbrachen die dichten Wolken, als Davis vor seiner Haustür stehen blieb. Der Schlüssel fühlte sich kühl in seiner Hand an, doch er zögerte, die Tür zu öffnen. Stattdessen blickte er zurück, hinauf zu dem Himmel, der noch immer die sanften Spuren des Regens trug.

20

Neuschnee

Ride down the mountain
From the top 'till the end
Just take my hand
And please don't try to understand

Der Konzertsaal war erfüllt von aufgeregtem Gemurmel und der erwartungsvollen Energie eines ausverkauften Abends. Die Lichter dimmten sich allmählich, während die Zuschauer ihre Plätze einnahmen. Über den Köpfen der Menschen tanzten bunte Scheinwerferlichter, die den Raum in ein kaleidoskopisches Farbenspiel tauchten.

Hinter der Bühne stand Davis, sein Herz pochte in seiner Brust. Er atmete tief ein, versuchte die Nervosität zu kontrollieren. Es war nicht sein erstes Konzert, aber dieses Mal fühlte es sich anders an. Er überprüfte ein letztes Mal seine Gitarre und strich sich eine widerspenstige Haarsträhne aus der Stirn.

Ein Bühnentechniker tippte ihm auf die Schulter. „Fünf Minuten, Davis."

„Alles klar, danke", antwortete er und lächelte nervös. Er spürte die erwartungsvolle Energie, die von der Menge ausging, ohne sie sehen zu können.

Inmitten der Menge stand Livia. Sie hatte sich einen Platz am Rand des Saals gesucht, halb verborgen im Halbdunkel, aber dennoch mit guter Sicht auf die Bühne. Ihr Herz schlug schneller als gewöhnlich, eine Mischung aus Nervosität und Vorfreude erfüllte sie. Sie trug ein schlichtes schwarzes Kleid, das ihre Eleganz unterstrich, und ihr dunkles Haar fiel in weichen Wellen über ihre Schultern.

Während sie die Atmosphäre aufsog, schweiften ihre Gedanken zu Davis. Es war lange her, seit sie ihn das letzte Mal gesehen hatte, und auf ihre letzte Nachricht hatte er nicht mehr reagiert. Sie wusste nicht genau, warum sie heute Abend hier war. Vielleicht, weil sie spürte, dass etwas anders war. Vielleicht, weil sie hoffte, dass es noch nicht zu spät war.

Die Gespräche um sie herum verschwammen zu einem leisen Summen. Livia blickte zur Bühne, wo die Instrumente bereitstanden, von Scheinwerfern in Szene gesetzt. Ein leises Kribbeln durchfuhr sie. Sie war gespannt, wie Davis sich entwickelt hatte, welche neuen Melodien er geschaffen hatte.

Im Saal nahm die Spannung zu. Das Licht wurde noch gedämpfter, und ein leises Flüstern ging durch die Reihen. Livia stand regungslos da, ihre Augen auf die Bühne gerichtet. Neben ihr tuschelten zwei junge Frauen aufgeregt über den bevorstehenden Auftritt. „Ich habe gehört, dass er neue Songs spielt", sagte die eine. „Ich kann es kaum erwarten."

Livia lächelte leicht, ihre Gedanken waren ganz bei Davis. Sie erinnerte sich an die Zeiten, als sie zusammen Musik gemacht hatten, an die Nächte voller Gespräche und Melodien.

Die Lichter erloschen vollständig, und ein einzelner Scheinwerfer richtete sich auf die Bühne.

Davis blickte zu Johnny hinüber, der in einer ruhigen Ecke seine Bass-Saiten prüfte. Sein vertrautes, lässiges Lächeln und die Art, wie er die Bühne mit seiner bloßen Präsenz erfüllte, gaben Davis ein Gefühl von Sicherheit. Es war, als wäre kein Tag vergangen, seit sie zuletzt gemeinsam aufgetreten waren.

„Bereit?" fragte Johnny und zwinkerte ihm zu.

Davis nickte und spürte, wie seine Anspannung ein wenig nachließ. „Bereit, wenn du es bist."

Die ersten leisen Töne eines Synthesizers erfüllten den Raum. Davis trat ins Licht, und ein tosender Applaus brandete auf. Er lächelte, hob die Hand zum Gruß und nahm seine Gitarre.

Er fühlte die Energie des Publikums, ließ sie durch sich hindurchfließen. Doch er hatte keine Ahnung, dass Livia anwesend war. Seine Gedanken waren bei der Musik, bei den Liedern, die er teilen wollte.

Die Band setzte ein, und die vertrauten Klänge von *Snow Life* erfüllten den Saal.

Roses are red, baby

Snow is white

Violets are purple

Where we're going tonight

Die Menge sang mit, ihre Stimmen verschmolzen mit seiner. Davis ließ sich von der Musik tragen, seine Finger glitten über die Saiten. Er spürte eine tiefe Verbundenheit mit dem Publikum, ein Gefühl von Gemeinschaft.

Livia beobachtete ihn aufmerksam. Sie konnte sehen, wie sehr er in seinem Element war, wie die Musik ihn erfüllte. Ein warmes Gefühl breitete sich in ihr aus. Sie war stolz auf ihn, auf das, was er erreicht hatte.

Doch gleichzeitig spürte sie eine leise Melancholie. Erinnerungen an vergangene Zeiten stiegen in ihr auf. Sie fragte sich, ob es ein Fehler gewesen war, den Kontakt abzubrechen. Ob es noch eine Chance für sie gab.

Nach dem ersten Song folgten weitere. *Las Vegas*, *Speed of Light*, *Please Me* – jeder Song erzählte eine Geschichte, und das Publikum war begeistert. Davis genoss die Reaktionen, doch plötzlich spürte er eine Art Unruhe. Ein Gefühl, als ob jemand ihn beobachtete.

„Komm schon, Mann!" sagte er zu sich selbst. „Konzentrier dich!"

Davis ließ sich nichts anmerken und wandte sich wieder selbstbewusst der tobenden Menge zu.

„Bevor ich mit meinen neuen Liedern beginne, habe ich etwas Besonderes für euch."

Er streckte seinen rechten Arm zur Seite, und aus den Schatten traten zwei bekannte Gesichter auf die Bühne: Conny und Örgeli, die ihn einst im Gasthaus musikalisch begleitet hatten. Conny warf ihr Mikrofon einmal schwungvoll in die Luft, bevor sie es wieder mit einem festen Griff auffing, während Örgeli sein Akkordeon lässig über seiner rechten Schulter trug.

Ein Raunen ging durch die Menge, während Davis sich zu ihnen umdrehte. „Ich habe vor einiger Zeit in einem kleinen Bergdorf ein Lied auf eine ganz neue Weise gespielt – und heute möchte ich euch diese Version präsentieren."

Die Band setzte ein, und Conny stimmte mit klarer Stimme ein:

Ich werde schneeblind, s'isch alles verbii
Los jetzt, Baby, ich wot meh als Kollege si
Mir fahret bergab bis abe n'is Tal
Ich halt dich fescht, denn Hochmuet chunt vor em Fall

Die volkstümlichen Klänge verliehen dem Song eine besondere Wärme und Authentizität. Davis' Stimme fügte sich perfekt ein, und gemeinsam schufen sie eine intime, fast magische Atmosphäre. Das Publikum schwang begeistert mit, einige summten sogar die Melodie mit.

Davis lächelte, als er die Energie im Saal spürte. „Vielen Dank an Conny und Örgeli, meine lieben Freunde, die heute nur für euch direkt aus den Schweizer Alpen angereist sind. Ohne sie wäre dieses Lied nicht das, was es heute ist."

Mit einem letzten Akkord endete der Song, und der Applaus hallte durch den Raum. Conny und Örgeli verbeugten sich leicht und verließen die

Bühne, während Davis wieder allein ans Mikrofon trat und seine neuen Lieder performte.

****

Während eines kurzen Moments zwischen den Liedern schweifte sein Blick über die Menge. Und dann sah er sie.

Livia.

Sein Atem stockte. Sie stand am Rand des Saals, ihr Blick traf seinen. Ein Wirbelsturm von Emotionen durchfuhr ihn: Überraschung, Freude, aber auch Unsicherheit.

Er musste sich sammeln, das nächste Lied stand an. Doch der Gedanke an Livia ließ ihn nicht los. Warum war sie hier? Hatte sie seine Nachrichten doch erhalten?

Während eines instrumentaleren Stücks fasste Davis einen Entschluss. Er konnte diesen Moment nicht ungenutzt verstreichen lassen. Als das Lied endete, trat er ans Mikrofon.

„Ich möchte euch allen danken, dass ihr heute Abend hier seid", begann er, seine Stimme klang klar, aber man konnte eine gewisse Nervosität heraushören. „Es bedeutet mir mehr, als ich in Worte fassen kann. "

Er hielt kurz inne, sein Blick suchte erneut Livias Augen. Sie schien überrascht, dass er sie bemerkt hatte.

„Manchmal führt uns das Leben auf Wege, die wir nicht vorhersehen können", fuhr er fort. „Wir begegnen Menschen, die unser Leben verändern, die uns inspirieren und ohne die wir nicht die Menschen wären, die wir sind."

Die Zuschauer wurden still, spürten die Bedeutung seiner Worte.

„Es gibt jemanden hier heute Abend, der für mich genau so ein Mensch ist." Er deutete in Livias Richtung. „Livia, würdest du zu mir auf die Bühne kommen?"

Ein Murmeln ging durch die Menge. Livia wirkte einen Moment lang unsicher, doch dann begann sie sich langsam einen Weg nach vorne zu bahnen. Die Zuschauer machten Platz, einige applaudierten aufmunternd.

Als sie die Bühne erreichte, reichte Davis ihr die Hand. „Was tust du?" flüsterte sie, ihre Augen suchten seinen Blick.

„Etwas, das ich schon lange hätte tun sollen", antwortete er leise.

Er nahm seine Akustikgitarre und begann zu spielen. Die Melodie war allen Anwesenden vertraut, doch sie klang so sanft wie nie zuvor gehört und voller Gefühl.

And it's the way that you talk
The way that you walk
Yeah, it's the way you free me
It's the way that you heal
The way that I feel
It's the way you see me

Seine Stimme füllte den Raum, jede Note war ein Ausdruck seiner Gefühle für sie. Livia stand neben ihm, Tränen glänzten in ihren Augen.

Als der letzte Akkord verklang, herrschte einen Moment lang absolute Stille. Dann brach der Applaus los, tosend und überwältigend.

Davis blickte zu ihr. „Ich habe Fehler gemacht", sagte er, seine Stimme war fest, aber sanft. „Aber ohne dich ist meine Musik unvollständig."

Livia lächelte durch ihre Tränen. „Du hast immer die Melodie in dir getragen", flüsterte sie. „Ich habe sie nur gehört."

„Kannst du mir eine zweite Chance geben?" fragte er.

Sie nickte langsam, aber bestimmt.

Der Applaus wurde noch lauter, das Publikum feierte den Moment mit ihnen.

Die Band setzte wieder ein, und Davis wandte sich an das Publikum. „Lasst uns feiern!" rief er. „Für jede Liebe, jede Melodie in unserem Herzen und für jeden Neuanfang!"

Die ersten Takte von *Snow Life* erklangen erneut, diesmal in einer lebhaften, freudigen Version. Davis und Livia sangen gemeinsam, ihre Stimmen harmonierten perfekt.

Roses are red, baby

Snow is white

Violets are purple

We're together tonight

Die Energie im Saal war überwältigend. Die Menschen tanzten, sangen mit, spürten die Magie des Moments.

****

Draußen begann leise der Schnee zu fallen. Große Flocken schwebten sanft zur Erde hinab, bedeckten die Stadt mit einer weißen Decke. Es war, als ob die Welt selbst ihnen ein Zeichen gab, dass etwas Neues begann.

Als das Konzert zu Ende ging, standen Davis und Livia Hand in Hand auf der Bühne. Das

Publikum erhob sich zu Standing Ovations, der Applaus wollte nicht enden.

„Wir haben es geschafft", flüsterte er ihr zu.

„Nein", korrigierte sie ihn lächelnd. „Du hast es geschafft. Und ich bin froh, ein Teil davon zu sein."

Er zog sie in eine Umarmung, das Licht der Scheinwerfer umhüllte sie wie ein warmer Mantel. In diesem Moment fühlte sich Davis vollständig.

Als sie die Bühne verließen, spürte Davis den Schnee auf seinem Gesicht. Er blickte in den Nachthimmel, sah die Schneeflocken tanzen und lächelte. Es war Neuschnee – ein Symbol für Neuanfang und die unendlichen Möglichkeiten, die vor ihnen lagen.

****

Die Kamera schwenkt von Davis und Livia, die Hand in Hand durch die verschneiten Straßen gehen, empor zum Nachthimmel, wo der Neuschnee in einer sanften Symphonie zu Boden fällt. Cut!

21

Outro

Davis' und Livias Schritte hinterließen Spuren im unberührten Schnee. Flakeville wirkte wie verzaubert, als ob die Zeit für einen Moment stillstand.

„Erinnerst du dich an den Abend, als wir uns im Park getroffen haben?" fragte Livia plötzlich.

Davis nickte. „Als ich die geheimnisvolle Sängerin traf, die im Schnee sang."

Livia lächelte verträumt. „Manchmal führt das Leben uns auf wundervolle Wege zusammen."

Sie blieben vor dem zugefrorenen See stehen, dem selben Ort, an dem sie sich zum ersten Mal begegnet waren. Die Oberfläche funkelte im Mondlicht, und ein Gefühl von Frieden durchströmte Davis.

Er drehte sich zu Livia, die ihn mit einem sanften Lächeln betrachtete, das zugleich Stärke und Zärtlichkeit ausstrahlte. „Danke", flüsterte er, seine Stimme voller Ernsthaftigkeit. „Danke, dass du nicht aufgegeben hast. Ich weiß, ich war oft schwer zu ertragen."

Livia legte ihre Hand auf seine Wange, ihre Finger kühl vom Schnee, doch ihr Blick war voller Wärme. „Davis", sagte sie leise, „ich habe nie einen Moment daran gezweifelt, dass du deinen Weg finden würdest. Und ich werde immer für dich da sein, egal, was kommt."

Für einen Augenblick wurde es still zwischen ihnen, die Welt schien von der Stille des Schnees verschluckt zu werden. Livias Augen suchten seine. „Hörst du sie noch?"

Davis atmete tief ein, als ob er die Frage bereits erwartet hätte. Er zögerte einen Moment, bevor er nickte. „Manchmal höre ich sie noch", gestand er, „aber sie wird nie wieder zwischen uns stehen. Das verspreche ich dir."

Ein Lächeln spielte um ihre Lippen, bevor sie sich näher zu ihm beugte. „Das hoffe ich", flüsterte sie.

Ihre Lippen trafen sich in einem Kuss, der all die Zweifel, die Ängste und die Last der vergangenen Jahre hinwegfegte. Es war ein Kuss voller Leidenschaft, voller Versprechen und voller Vergebung. Der Schnee fiel lautlos um sie herum, eine Kulisse aus unberührter Reinheit, während sie in diesem Moment alles andere um sich vergaßen.

„Weißt du, was ich am Schnee liebe?" flüsterte eine vertraute Stimme. „Er ist wie eingefrorene Zeit."

Davis schloss die Augen und spürte die Kälte jener Nächte, die Wärme ihrer Worte.

„Das Leben ist wie eine Melodie im Schnee", sagte er zu sich selbst. „Schön, flüchtig und vergänglich – aber immer mit der Möglichkeit, neu gespielt zu werden."

Epilog

Dr. Weber: (mit ruhiger Stimme) „Davis, ich möchte, dass wir über zwei Nächte sprechen. Die Nächte, in denen Sie *I Could Be Your Lover* und *Crash Into You* komponiert haben. Sie haben mir oft erzählt, wie intensiv diese Momente für Sie waren. Aber was ist in diesen Nächten wirklich passiert?"

D. Whitefield: (blickt weg, seine Stimme ist leise) „Ich weiß nicht. Ich habe einfach... die Songs geschrieben. Es war, als ob sie aus mir herausflossen."

Dr. Weber: (neigt den Kopf) „Vielleicht. Aber was haben Sie gefühlt, bevor Sie geschrieben haben? Was hat Sie so bewegt, dass diese Musik entstand?"

D. Whitefield: (zögert) „Ich... war allein. Verloren. Ich wollte... jemanden."

Dr. Weber: (schärfer, aber nicht unfreundlich) „Und wen haben Sie gefunden, Davis?"

D. Whitefield: (stockt) „Stella. Ich habe sie gefunden. Sie war... da."

Dr. Weber: „War sie wirklich da? Oder haben Sie es geglaubt, weil Sie es sich so sehr gewünscht haben?"

D. Whitefield: (schüttelt langsam den Kopf) „Es fühlte sich echt an."

Dr. Weber: „Aber jetzt, mit ein wenig Abstand – glauben Sie immer noch, dass es Stella war? Denken Sie daran, wie Sie sie beschrieben haben. Ihre Haltung, die Orte, an denen Sie sie gesehen haben. Passt das zu Stella?"

D. Whitefield: (flüstert, fast für sich selbst) „Nein... Nein, es passt nicht."

Dr. Weber: (lehnt sich nach vorne) „Davis, es gibt keine Verurteilung hier. Nur Verständnis. Ich werde es direkt fragen: Haben Sie in diesen Nächten mit Frauen geschlafen, die nicht Stella waren? Frauen, die... für solche Begegnungen bezahlt werden?"

D. Whitefield: (blickt scharf auf, als hätte ihn jemand geschlagen) „Ich... ich weiß nicht."

Dr. Weber: „Doch, Sie wissen es. Sie müssen es nur aussprechen. Erinnern Sie sich an die Frau, die Sie in *I Could Be Your Lover* beschrieben haben. Wer war sie?"

D. Whitefield: (schließt die Augen, zittert leicht) „Sie sah aus wie Stella. Aber... sie war es nicht. Sie... hat mich gefragt, ob ich Gesellschaft möchte."

Dr. Weber: „Und was haben Sie gesagt?"

D. Whitefield: (leise) „Ich habe zugestimmt. Ich dachte, es würde den Schmerz lindern."

Dr. Weber: „Und in der Nacht von *Crash Into You*? Sie beschrieben eine Frau in einer Gasse, unter einer flackernden Straßenlaterne. Wer war sie?"

D. Whitefield: (reibt sich die Schläfen, vermeidet Blickkontakt) „Ich dachte... ich dachte, es sei Stella. Ich war mir sicher. Aber... als ich näher kam, wusste ich es. Sie war es nicht."

Dr. Weber: „Und dennoch haben Sie mit ihr gesprochen. Haben Sie mit ihr geschlafen, Davis?"

D. Whitefield: (schluckt schwer) „Ja."

Dr. Weber: (sachte) „Warum, Davis? Warum haben Sie sich in diesen Frauen Stella vorgestellt?"

D. Whitefield: (hebt verzweifelt die Hände) „Weil ich sie brauchte! Weil ich dachte, ich könnte sie zurückholen, auch nur für eine Nacht. Aber... ich wusste es. Tief in mir wusste ich, dass sie es nicht war."

Dr. Weber: „Das war sie nicht. Aber es ist wichtig, dass Sie das jetzt sehen können. Was fühlen Sie, wenn Sie daran zurückdenken?"

D. Whitefield: (bricht fast zusammen, seine Stimme bricht) „Schuld. Scham. Aber auch... Leere. Es war nie echt. Es war nur... ich habe mir etwas vorgemacht."

Dr. Weber: „Davis, was Sie beschreiben, deutet auf eine dissoziative Störung hin. Ihr Geist hat Stella in Momenten tiefer Einsamkeit und emotionaler Überforderung erschaffen, um den Schmerz zu bewältigen. Es ist nicht ungewöhnlich, dass Menschen in solchen Situationen eine alternative Realität kreieren, die ihnen Trost bietet."

D. Whitefield: (starrt Dr. Weber an, seine Augen weiten sich) „Eine dissoziative Störung...? Meinen Sie, dass ich... sie mir nur eingebildet habe?"

Dr. Weber: „Nicht eingebildet, Davis. Sie haben Stella als Manifestation Ihrer innersten Bedürfnisse erschaffen. Es ist ein Schutzmechanismus, der Ihnen geholfen hat, Ihre Emotionen zu verarbeiten. Aber er hat Sie auch davon abgehalten, sich der Realität zu stellen."

D. Whitefield: (senkt den Kopf, flüstert) „Es fühlte sich so real an."

Dr. Weber: „Das ist das Wesen dissoziativer Zustände. Sie fühlen sich echt an, weil sie aus den tiefsten Schichten Ihres Geistes kommen. Aber sie sind nicht die Realität."

D. Whitefield: (schweigt lange, dann leise) „Was bedeutet das? Das alles... nur in meinem Kopf war?"

Dr. Weber: „Nicht alles. Aber ein Teil Ihrer Beziehung zu Stella war von Ihrer eigenen Projektion geprägt. Sie haben in ihr etwas gesucht, das sie nicht vollständig erfüllen konnte – weil es ein Teil von Ihnen ist, Davis. Ein Teil, den Sie selbst finden müssen."

D. Whitefield: (nickt langsam) „Ich wollte sie in anderen sehen, weil ich Angst hatte, allein zu sein."

****

Dr. Weber lehnte sich leicht vor, seine Hände locker gefaltet. „Davis, Sie haben Stella als Projektion Ihrer tiefsten Bedürfnisse beschrieben. Sie sagen, sie fühlt sich real an. Glauben Sie, sie könnte jemand sein, den Sie tatsächlich gekannt haben?"

Davis schwieg, sein Blick glitt suchend durch den Raum. „Ich... ich weiß es nicht. Aber manchmal habe ich das Gefühl, dass sie echt ist. Dass ich sie kenne. Es gibt da diese Kinder, die ich immer wieder sehe", begann Davis, während er auf den Teppich vor sich starrte.

„Blonde Mädchen. Sie spielen, lachen, machen Schneeengel. Jedes Mal, wenn ich sie sehe, spüre ich… etwas. Ich weiß nicht, was es ist, aber es fühlt sich wichtig an."

Dr. Weber lehnte sich vor, seine Stimme war ruhig. „Diese Mädchen könnten eine Verbindung zu einer Erinnerung darstellen, die Sie lange unterdrückt haben. Vielleicht ist es an der Zeit, dieser Erinnerung auf den Grund zu gehen."

Davis nickte langsam, der Gedanke wirkte fremd, aber nicht abwegig. „Vielleicht... vielleicht ist da wirklich etwas, das ich vergessen habe."

Dr. Weber nickte. „Vielleicht führt uns Ihr Geist zu einer Wahrheit, die wir noch nicht ganz erfasst haben. Lassen Sie uns Ihre Kindheit erkunden. Erzählen Sie mir von dieser Zeit. Gibt es jemanden, der Stella ähnlich war?"

Davis schloss die Augen. „Ich erinnere mich an meinen Vater. Er war... da, aber auch nicht wirklich. Es war, als ob er in einer anderen Welt lebte."

„Gehen Sie zurück zu einer Erinnerung, Davis",
sagte Dr. Weber ruhig. „Was sehen Sie?"

****

„Papa! Schau mal, was ich gelernt habe!" rief der
junge Davis und begann, auf den Saiten zu zupfen.
Doch sein Vater reagierte nicht.

„Dame schlägt Bauer... und Schach Matt." murmelte er vor sich hin, sein Blick starr auf das
Schachbrett gerichtet. Es war, als ob Davis gar nicht
existierte.

„Papa, hörst du mir zu?" fragte der Junge, doch
die Worte verhallten in der stillen Luft. Davis' Lächeln verschwand, und er ließ die Gitarre sinken.

Ohne ein weiteres Wort rannte er aus dem Haus.
Draußen empfing ihn die kalte Umarmung des
Schnees. Er stapfte durch die weiße Pracht, Tränen
brannten in seinen Augen, bis er sich schließlich auf
den Rücken legte und einen Schneeengel machte.
Die Kälte beruhigte ihn, der Schnee fühlte sich ehr-
lich an – im Gegensatz zur warmen, aber leeren
Welt drinnen.

****

„Was sehen Sie jetzt, Davis?" fragte Dr. Weber mit
ruhiger Stimme.

„Einen Schneeengel", antwortete Davis leise. „Ich habe einen Schneeengel gemacht. Es hat mich beruhigt."

Dr. Weber sah ihn aufmerksam an. „Wie viele Schneeengel sehen Sie, Davis?"

Davis runzelte die Stirn, eine leichte Verwirrung durchzog sein Gesicht. „Ich... weiß nicht... einen... nein... zwei."

„Erinnern Sie sich genauer, Davis. War da jemand bei Ihnen?" fragte Dr. Weber, seine Stimme einfühlsam.

****

„Davis, komm schnell! Lass uns dort drüben noch einen Schneeengel machen!" rief sie lachend und rannte davon. Ihr Lachen klang wie eine Melodie im Schnee.

Davis folgte ihr, seine Schritte schwer. „Warte! Ich komme!" rief er, doch sie war schneller. Ihre Gestalt wirkte so lebendig, so frei, dass Davis sie für einen Moment nur bewundern konnte.

Das Mädchen blieb abrupt stehen und drehte sich zu Davis. „Manchmal tut meine Mami komische Dinge", sagte sie, während sie begann, kleine Schneebälle zu formen. „Wenn sie zu viel trinkt.

Dann schreit sie oder sagt Dinge, die wehtun. Aber weißt du, was ich dann mache?"

Davis schüttelte den Kopf.

„Ich baue mir eine Schneefestung. Und dann stelle ich mir vor, dass ich ganz weit weg bin.'

Für einen Moment standen sie schweigend nebeneinander. Dann zog das Mädchen etwas aus ihrer Jackentasche hervor und hielt es ihm hin – einen kleinen, silbernen Schlüsselanhänger in Form von Engelsflügeln.

„Hier", sagte sie. „Das ist für dich. Mein Daddy hat ihn mir geschenkt, aber ich denke, du brauchst ihn mehr als ich."

Davis zögerte, dann nahm er das Geschenk an und betrachtete es. Die Flügel glänzten schwach im grauen Licht. „Danke", flüsterte er.

„Komm", sagte sie plötzlich und stand auf. „Wir machen eine Schneeballschlacht!"

****

„Davis?" Die Stimme von Dr. Weber holte ihn zurück in die Gegenwart. „Was sehen Sie jetzt?"

„Da war ein Mädchen. Sie war... wunderschön. Sie hat gelacht, wir haben herumgealbert. Und dann... Ich weiß nicht mehr."

„Schließen Sie ihre Augen, Davis. Versuchen Sie sich zu erinnern."

Davis schloss die Augen. „Sie sagte ‚Komm schnell, lass uns da drüben noch einen Schneeengel machen!'"

„Was ist dann passiert?"

„Sie sagte... ich... sie... ‚Komm schnell, lass uns... noch einen machen'", wiederholte Davis die Worte aus seiner Erinnerung, als wären sie Teil eines Refrains.

Dr. Weber beugte sich leicht vor, seine Stimme blieb sanft. „Warum glauben Sie, dass Sie immer wieder an dieser Stelle hängenbleiben?"

Davis schluckte schwer, seine Stimme war kaum zu hören. „Weil ich Angst habe. Angst davor, was danach kommt."

„Angst vor der Wahrheit?" fragte Dr. Weber.

Davis nickte langsam.

„Wie fühlt sich der Moment an?"

Davis schnappte nach Luft, sein Brustkorb hob und senkte sich schwer. „Wie... eingefrorene Zeit."

Dann riss er panisch die Augen auf und starrte Dr. Weber wie gelähmt an. Nach einigen Sekunden drückte er seine Augen wieder fest zu.

„Ich sehe sie noch", flüsterte er schließlich.

****

„Davis, komm schnell! Lass uns dort drüben noch einen Schneeengel machen!" rief sie mit einer Stimme, die wie ein Lachen klang. Ein heller Klang, der den Schnee zum Tanzen brachte. Ihr blondes Haar flog hinter ihr her, ein leuchtender Kontrast zu den schweren, grauen Wolken am Himmel. Davis wollte ihr folgen, doch seine Beine fühlten sich schwer an, wie eingefroren.

Sie erreichte den Rand eines kleinen Hügels, wo der Schnee sich unter ihren Füßen in kleinen Wolken aufwirbelte. Für einen Moment blieb sie stehen, mit ausgebreiteten Armen, als könnte sie mit dem Wind fliegen. Dann drehte sie sich zu ihm um und rief: „Hier, Davis! Spring mit mir!"

****

Davis öffnete langsam die Augen, Tränen flossen seine Wangen hinunter, sein Körper bebte. „Dann… war sie weg."

Dr. Weber nickte langsam, ließ die Worte sacken. „Dieses Mädchen, Davis. Was glauben Sie, bedeutet sie für Sie?"

Davis schüttelte den Kopf. „Ich weiß es nicht. Aber ich… ich habe sie nicht erfunden. Sie war echt. Ich erinnere mich jetzt. Sie war echt."

Dr. Weber betrachtete ihn mitfühlend. „Vielleicht war sie ein wichtiger Teil Ihrer Kindheit. Vielleicht hat dieser Moment, ihr Verlust, Sie tiefer geprägt, als Ihnen bewusst war. Es ist möglich, dass Ihre Verbindung zu Stella eine Brücke zu diesem Erlebnis ist."

Als Davis aufstand, war sein Schritt unsicher, aber bestimmt. Er blickte Dr. Weber an und sagte leise: „Danke. Ich glaube, ich weiß jetzt, wo ich anfangen muss."

****

Als Davis die Praxis verließ, begann draußen leise der Schnee zu fallen. Er blieb stehen, sah hinauf, ließ die Flocken auf seiner Haut schmelzen. Die Erinnerung an das blonde Mädchen, ihre Stimme und ihr Lachen, war plötzlich klarer als je zuvor.

„Ich habe dich nicht vergessen", flüsterte er, holte den Schlüsselanhänger aus der Hosentasche und betrachtete ihn mit einer Mischung aus Nostalgie und Melancholie. „Und ich werde dich immer in mir tragen."

Über den Autor

Benjamin Leeway (*1985 in Zürich) entdeckte früh seine Leidenschaft für Geschichten und Musik – zwei Welten, die ihn bis heute prägen. In seinen Werken vereinen sich Klang und Erzählung, Emotion und Tiefe sowie Lyric und Prosa zu einzigartigen künstlerischen Erlebnissen.

Neben seiner kreativen Arbeit studierte Benjamin Psychologie an der FernUniversität in Hagen sowie an der FernUni Schweiz. Sein tiefes Verständnis der menschlichen Psyche fließt in seine facettenreichen Charaktere und die emotionale Tiefe seiner Kompositionen ein.

2010 komponierte er das Musikwerk *The Line*, dessen Songtexte die Grundlage für *Melodien im Schnee* bildeten. 2025 wurde das Album neu zusammengestellt und unter dem Titel *Melodies in the Snow – The Soundtrack* veröffentlicht.

Melodies in the Snow – The Soundtrack*

Die Musik zum Liebesdrama

Tauche tiefer ein in die Welt von Melodien im Schnee und erlebe die Geschichte in einem **völlig neuen Klang**.

Die Musik zum Roman lässt dich die Emotionen von Davis Whitefield und die **Magie der verschneiten Straßen von Flakeville** spüren.

Von **melancholischen Balladen bis zu kraftvollen Rockmelodien**: Lass dich von den Klängen verzaubern und entdecke die heilende Kraft der Musik, die diesen Roman inspiriert hat.

*Streaming auf Spotify, Deezer, YouTube Music, Apple Music und mehr.

„Vielleicht solltest du es nicht versuchen. Manche Rätsel verlieren ihren Zauber, wenn man sie löst."

„Schnee ist wie eingefrorene Zeit. (…) Jede Flocke
ist ein Moment, der kurz lebt und dann stirbt.
Aber in diesem Moment ist sie perfekt."

„Musik ist meine Art, die Welt um mich herum zu fühlen."

„Klingt, als hätte sie dir viel bedeutet."

„Das Leben ist wie eine Melodie im Schnee:
Schön, flüchtig und vergänglich – aber immer mit
der Möglichkeit, neu gespielt zu werden."